双葉文庫

十八の夏

光原百合

目次

十八の夏

十八の夏

1

たっぷり水を含ませた筆を走らせたような、淡い色の空。川面《かわも》におずおずと戯れる日の光。向かい側の土手には五分咲きの桜並木。こちらの土手には、腰を下ろしてスケッチをする女性。今も目に浮かぶ。風景そのものが、「はる」と平仮名で題を付けたくなる一枚の絵だった。

その絵は、もう、ない。空の色はあの頃より濃く、日ざしは傍若無人なほどに照りつけ、桜並木は緑の沈黙に身を包んでいる。そして一番大事だったピースが、そこからすっぽりと抜けていた。二度と取り返しのつかない形で。

三浦信也《みうらしんや》はその日も橋を渡り終える直前に足を止め、手すりの向こうをのぞいた。ここしばらく、夕方のジョギングの途中で日課になっている行動だ。

桜前線が通りすぎていったのはつい数日前だが、一足先に信也自身のサクラは散り果て、四月から浪人生活になだれ込むことが確定していた。春休みという時期には多かれ少なかれ中ぶらりんな気分を味わってきたが、今回はいままでのどの春休みより、中空高くでぶらぶらと揺れている気がしていた。うら寂しいような、途方に暮れたような、妙に解放されたような。こんなことでは体からなまってしまうとジョギングなど始めたわけだが、世間の目にはいかにも真剣味が足《た》りぬように映るだろう、くらいの自覚はあった。三月いっぱいは受験で伸び切ったネジをじっくり巻き直す期間にするよ、と言い訳ともつかぬことを家族には言っていたが、思わぬ「張り合い」ができてしまったのはつい先日のことだ。

　橋はやや高い位置にあるので、草に覆われた土手を見下ろすことになる。二〇メートルも離れているだろうか、彼女はその日も定位置に座り、画板に挟んだ紙に色鉛筆らしいものを走らせていた。傍から見た自分が、土手と川面全体を見渡しているように見えればいいんだが、と信也は思った。春の気まぐれな風が時折吹き抜けていく。

　彼女は前触れもなく画板をかたわらに置いて立ち上がると、川に背を向け、上体を折って足の間から向こう岸を見た。次に大きく広げた両手を地面に突くと、すらりと足を伸ばして倒立する。頭にかぶっていた白いキャップが脱げて、ポニーテールにくくった髪が垂れ下がった。そのまま彼女は背を丸めて柔らかく地面に倒れ込んだ。これまでも時折、四肢を軽やかに操ってこんな無言劇を見せてくれたことがある。その活発な姿は、昔映画かテレビアニメで見た「妖精」を思い出させるところがあった。

しばらくそのまま、大の字になって空を見ていた彼女はやがて身を起こし、キャップと画板を拾い上げた。日が傾き、そろそろ川風が涼しくなってきたのだろう。そのとき、風が一陣、さっと吹き渡った。彼女の手元から鳥が飛び立つように画用紙が舞い上がった。くるりくるり、風の中で向きを変えるたび淡い色をのぞかせながらこちらに飛んで来て、それはあっと言う間に信也の頭上を越えた。

考えるより先に体が動き、信也は土手に沿って遠ざかっていく画用紙の追跡に入った。いっときの勢いをすでに失って、紙はほとんど地上を這っていたが、止まりかけたと思えばまた風に煽られて先を行く。ジョギングシューズで草を踏んで走りながら、ここまでおいで、とからかわれている気がしてきた。業を煮やした信也はついに、癪に障《さわ》る紙目がけて思いきりダイヴし、首尾よくその遁走を止めることができた。

絵は向こうの土手の桜並木を中心に描いたものだった。春の喜びに萌えたつごとくほのかに色づいた木々が、色鉛筆の柔らかい線で巧みに表現されていた。並木の向こうに灰色の屋根が覗いている。テクニックのことはわからないが、いい絵だと思う。真ん中を縦に走る折れ線さえなければ。さっき飛びついた拍子に体の下に敷き込んでしまったのだ。

ようやく追いついてきた彼女が、まだ上体を起こしたばかりの信也に向かって放った第一声は、

「あんた、何やってんの」

だった。ピンクのTシャツにアップルグリーンのジャケット、白いジーンズ。春の風景そのままの色をすらりとした体にまとった彼女の雰囲気は、まだ学生のように若々しかったが、実際には――さて、女性の歳はわからない。しかし二十五よりは上、そろそろ三十に手が届くかもしれない。

「あ、すみません。ヘマやっちゃって」

謝られて苛《いら》だったのか、彼女は片足をとんと踏み鳴らした。

「そんなこと言ってんじゃないわ。どうせ捨てるもののために、無茶するんじゃないわよ。ケガでもしたらただの間抜けよ」

「捨てるぅ？」

「そうよ。自分の排泄物、溜め込んどく趣味はないもの」

「ハイセツ……って、せっかく描いたのに」

「そうよ。描くのが楽しいだけなんだから、描いたあとはもう、見るのも嫌」

ほっそりした腕でいきなりウェスタンラリアートをくらわされたような気分で、信也は手の中の美しい「ハイセツブツ」と相手の顔を交互に眺めた。もう半ミリでも大きかったらくどい顔だちになったに違いない吊り気味の目と、小鳥の嘴《くちばし》のようにつんととがった鼻。

自然のままほのかなピンクに色づいた唇から出てくる容赦のない口調は、ますます子供時代の懐かしい映像を思い出させた。そう、あれは『ピーター・パン』に出ていた、ティンカー・ベルという名だったか。気まぐれで小生意気で冷たくて、人に空を飛ばせる不思議な力を持った妖精。

「ほら、いいかげん立ちなさいよ。……あら」

腰に当てていた手を片方外して信也のほうに伸べた彼女の、ややハスキーなアルトが不意に高くなった。それに応じた信也の手のひらの傷を目ざとく見つけたらしい。さっきダイヴしたときに擦りむいたものだ。

「手当てしないと。うち、すぐそこだから」

能率よく仕事を進めるのに慣れているのだろう、彼女は信也の手から絵を取り上げて画板に挟みながら、短い言葉でさっさと話を決めてしまった。いやその大丈夫です、などと口ごもりながらも、信也は彼女のペースに乗ることにした。なめときゃ治る傷ではあったが。

「だけど、ご家族に迷惑じゃないですか」

「一人暮らしだもの」

「あっと、それじゃあ……彼氏に悪いかなって」

そんな探りを入れてみたが、彼女は鼻であしらうように笑っただけだった。

「ここよ」

さっき絵を描いていた場所から土手を降りたすぐのあたり、彼女がその前で足を止めた建物を、信也はひどく意外な気持ちで見上げた。信也自身のうちからもそう遠くない、ちょうど川を挟んだ向かい側というところなので存在は知っていた。築何十年になるのか灰色の外壁には無数のヒビが走り、地震でも来たら真っ先に倒壊確実、夜にいくつかの窓の明かりが灯るからかろうじて廃屋と間違えられずに済んでいる、そういうアパートなのだ。名前も「松籟荘」と古風である。どう読むのかは、国語偏差値55の信也の関知するところではない。昨今の低金利を生かして小洒落《こじゃれ》たマンションにでも建て替えたがっている息子夫婦と、入居者がいる間はまかりならぬと言い張るオーナーの爺様との間で悶着の種になっていると、どこにでもありそうな噂も耳にしたことがある。現在の入居者は老人ばかりだから息子夫婦の勝利は時間の問題だの、しかしその老人たちはみんな妖怪なみにしぶとそうだから下手《へた》をすると若い者の寿命が先に尽きるかもしれないだの、噂もここまでいくとブラックユーモアだが、いずれにしろ彼女のような女性には似合わない住まいだ。それが信也の感想だった。

一段ごとに律義にきしる階段を上がって、彼女の部屋は二階だった。いつの入居者の置き土産《みやげ》か、下のほうが大きくへこんだドアには、そっけなく「蘇芳《すおう》」とだけ書かれたトランプ大の紙が貼ってある。

ドアを開けた向こうも外からの予想を裏切らなかった。入ってすぐのところは、ささやかな流しとコンロがある台所のスペース。その先に押し入れつきの一間。トイレらしいドアはあるが、賭けてもいい、風呂などという豪儀なものはついていないに決まっている。これ以上質素な住まいを探そうと思ったら禅寺へでも行くしかないだろうと、禅寺など見たこともないのに信也は思った。しかもその狭い部屋でさえがらんと感じられるほど、家具らしいものがほとんどないのだ。台所に小さな冷蔵庫、部屋のほうにはやはり小さなドレッサーとちゃぶ台。窓際に古びた木のデスクと屑籠《くずかご》。目につくのはそれくらいである。細々《こまごま》したもので溢れかえっていた信也の姉の部屋とは大違いだが、これで女性の生活が成り立つのだろうか。部屋の真ん中にはホットカーペットが敷いてあり、四方に剝《む》き出しになった畳の色は茶色に枯れ果てていた。

「越してきたばかりなのよ。上がって」

背後で少し焦れた声がした。知らず知らず無遠慮な視線になっていたかもしれない。信也は慌ててシューズを脱いだ。アパートの玄関に貼ってあった「空き室アリマス」の札はジョークとしか思えなかったが、実効性のあるものだったか、と変な感心をする。しかしいくら何でも、引っ越すにあたってもう少し家具の準備を整えそうなものだが。

女性と二人きりになるのだから、ドアは開けておくべきだろうかという思いがよぎったが、彼女はまったく頓着しない様子で閉めてしまった。

抱えていた画板をデスクの上におくと、彼女は引き出しからマキロンとポケットティッシュの袋を取り出した。取り出したものもそれをしまってある場所も、いかにも急場の生活用、という感じだ。

遠慮なしにつかんだ信也の手のひらに勢いよく消毒薬を吹きかけながら、

「何もないから変だと思うでしょ」

「はい」

率直に答えたのがおかしかったのか、彼女はあははと声に出して信也の手を離した。細い指の感触がしばらく残った。

「今まではI――で住まいをそのままオフィスにしていたんだけどね」

彼女はここから私鉄で二十分ほどのターミナル駅の名を口にした。

「最近そこが手狭になってきちゃったの。生活スペースだけよそに移そうかと思っていたら、たまたまここに空き室があるのを見つけたから。でもついこの間まで、仕事が立て込んでいたのもあって、ほとんど元の住まいのほうにいたのね。ようやく少し時間ができたから、今は昼間向こうで仕事をして、寝泊まりはこっちってペース」

「夕方にはスケッチもしたり」

彼女は何と応じようか一瞬迷うように大きな瞳で信也の顔を見つめたが、「そうね」とだけ言って立ち上がった。口を滑らせたせいで、ここのところいつも彼女を見ていたことが伝わったようだ。いや実のところ、口を滑らせたのか、それともわざとそのことを伝えようとしたのか、信也には自分でもわからなかった。

「オフィスというと、お仕事は何をしておられるんですか、ええと……スオウさん」

冷蔵庫を開いて何か取り出そうとしていた彼女が驚いたように顔をこちらに向けたので、信也は急いで言葉を継いだ。

「でいいんですよね。表にそう書いてあったから」

「ああ……。よく読めたね。古い言葉なのに」

相手は得心がいったように続けた。

「スオウクミコ、というの。クミは紅に美。赤系の色ばかりで暑苦しい名前よ」

「そんなことはないです。きれいです」

悶死したくなるほど凡庸《ぼんよう》な応答に紅美子はまた軽く鼻先で笑っただけで、これしかないけれど、と言いながら冷蔵庫から出した缶コーヒーを信也の前に置いた。

「仕事はフリーのデザイナーなの」

「へえ。だから絵が好きなんですね」

「絵は好きよ、子供のころから。でも仕事では絵を描いたりすることなんてないから――」

「デザイナーなのに？」

同じような質問はよく受けるのかもしれない。紅美子は慣れた様子で、

「そうよ、デザイナーの仕事ってたとえば……」

だがそこで、例に詰まったのか言葉を切った。

「まあね、だからたまには純粋に楽しみのために描いてみたくなるのよ。……あなたは？」

唐突に話題が変わったので、信也はコーヒーを口に運んで時間を稼《かせ》ぎ、何を聞かれたのかと考えた。何のことはない、名前に決まっている。

「三浦信也といいます。この近所に住んでいます」

「高校生？」

「四月から予備校生です」

しっかり勉強なさいよ、などと大して気の入らない口調で言いながら、紅美子はデスク

の引き出しに薬とティッシュをしまった。それから画板に挟んでいた絵を外すと、ためらう様子もなく四つに裂いて屑籠にほうり込んだ。さっき言った言葉は誇張ではなかったらしい。信也と目が合うと、描いたようにくっきりと形のいい眉を寄せて「何よ」と高飛車な口調で言う。

「いえ。捨てるなら欲しかったなって」

「嫌」

なるべく冗談めかしたつもりだったが、ここまでにべもない返事をされるとは思わなかった。仕方なく話題を戻す。

「だけどこのアパート、その……いろいろ不便でしょう」

「そうね。今までは寝に帰るだけだったから気にならなかったけれど、慣れてきたらそう思うかも」

寝に帰る、という表現に背骨の下のほうがうずうずしそうになるのを、信也はこの季節にはまだ冷たすぎるコーヒーを大量に飲み下して抑えた。

「大家さんには失礼だけど、どうしてここに？」

こだわり過ぎかと思ったが、紅美子は特に不審がる様子は見せなかった。

「前を通りかかったとき、偶然空き室の貼り紙に気づいた縁もあるわね。それに……窓からの眺めが気に入ったの」

紅美子は腕を伸ばしてデスクの向こうの窓を開け放った。信也が立ち上がって窓辺によると、紅美子は入れ違いにちゃぶ台のそばに戻って座った。長い足であぐらをかく様子がひどくサマになっているな、と思う。窓の外には、ベランダなどと呼んではJAROに叱られること請けあいの小さな物干しスペースがあり、そこに植木鉢が四つも並んでいるのは、必要最小限の家具さえまだ揃っていないかのようなこの住まいに少し不似合いな眺めだった。両手で囲ったぐらいの小さいプラスチックの鉢だ。素焼きの重いものではこの物干し台に置いては危ないだろう。何か蒔いてあるのかもしれないが、黒い土の表面にはまだ何も顔を出していなかった。

外にはもう薄紫の帳《とばり》がかかり始めている。土手と、川と、桜並木。そのすべてが静かに夕闇の中に沈みつつあった。何の変哲もない風景だ。しかし春の夕暮れの魔法のせいか、不思議に懐かしく、快い。多くの日本人が、子供時代の原風景の一つとして挙げる風景ではあるまいか。桜並木の向こうにのぞく灰色の屋根はうちだと、信也はそのとき言わなかった。

「それにね、このアパート、家賃は信じられないほど安いわよ」

急にそんな現実的なことを、背後の妖精めいた女性が口にした。アンバランスがおかしかったが、それが信也に思いつきを与えてくれた。

「今ここ、空《あ》いた部屋ありますか」

「あるみたいよ。どうして」

「安いなら俺、当分ここの部屋借りて勉強部屋に使おうかな。姉貴がお産でうちに戻ってきてるんですよ。どうも家の中が慌ただしいし、赤ん坊が生まれりゃもっと大騒ぎになる。自分のスペースを確保したいと思っていたんです」

信也はまだ外の風景に目を据えたままだったので、そのときの紅美子の表情はわからない。「そう。それはちょうどいいわね」と言った口調は、意外そうではあっても不快感は含んでいなかったと思う。何か別のことに気をとられていたのかもしれない。

2

相談はすぐまとまった。

アパートに隣接する家に住む大家の爺さんに話を聞きに行くと、相手はこちらが近所のうちの息子ということで安心だったのか、それとも単にそのとき見ていた水戸黄門の再放送が気になったからか、「いつでもいいから、空いてる部屋のどこにでも入ってよ」とあっさり答えた。

確かに家賃は儲けを度外視していると思うほど安かった。爺さんがアパート経営をやめないのは、息子夫婦への意地のせいだけだという噂は本当らしい。その代わり、白く長い眉毛の下から睨《ね》めつけられて「火災保険にゃ入ってないからね。自分で勝手に気をつけてね」と言われたあたりは洒落にならぬ。

両親に話しても取りたてて反対はなく、それは様々な意味でほっとすることであった。母親は最初経済的な理由で難色を示したが、家賃の額を聞いて安心したのか、それきり息子の一人暮らしへの関心を失ったようだ。何しろ彼女は現在、初孫の誕生という一大イベントを控えて息子どころではないのだ。

それでも以前よりは遥かにマシになった、と信也は思う。四十八歳になる母は、少し前から体の不調に悩んでいた。医師に診てもらっても特に異状はないらしく、更年期障害というやつだろう。あれこれ不具合を訴えるのを、命にかかわるわけじゃなし、本音《ほんね》を言えばうっとうしいと思って聞き流していたのだが、一カ月ぐらい前からだろうか。それがメンタル面に来てしまったらしい。いつも陰鬱な顔でふさいでいるようになり、暗くなっても部屋の明かりもつけずに考え込んでいるのを目にすること数度に及んで、信也も父もこれはただ事ではないと思い始めた。思い始めはしたが、こういうとき、男などというものはすこぶる役に立たない。ちょうどそのころ、出産を控えた姉が実家に戻ってきたのは実にありがたかった。

有刺鉄線なみに頑丈な神経を誇る姉だが、やはり女同士は違うものだ。信也たちに詳細は語らないが、母は心の中にあったもやもやを姉にぶちまけることでずいぶん楽になったようだった。またそうこうするうちに出産予定日が近づき、人一人が生まれてくるという厳粛かつ現実的な大事業を前に、不定愁訴《ふていしゅうそ》どころではなくなったというのも確かなところだろう。

かくして母がかなり元気を取り戻したのはいいが、阿修羅のような形相で初孫到来の準備に励み、信也や父の行動が意に沿わないとガミガミ叱りつけてくるのは迷惑な話だった。このうえ実際に赤ん坊が増えるとなれば、デリケートな浪人生であるこちらとしては、精神衛生のためにも避難させてもらいたいと思っていたところである。あのアパートに移れるなら一石何鳥もの好都合だ。自分が家を出れば、父が母からの攻撃の的になることが増えるだろうと若干気の毒ではあるが、ほかならぬ自分の妻のことであるから諦めてもらう。自業自得だ。姉はといえば、自分の腹の中の子を中心に万物が回るべきと思っているようだから、母のヒステリーごとき何ほどのこともあるまい。

ただし、完全な一人暮らしとなると食生活などの面が心配、程度には息子にも気を配っている母の意向で、食事は実家のほうで摂《と》ることにした。行き来するのに徒歩三分の近さだからそんなことも可能である。寝るときもうちに帰ることにしたのは、短い期間のために本格的に寝具まで買い整えるのが厄介だったからだ。そんな「半一人暮らし」だから、火災保険が必要になることもないだろう。

結局、新たに買ったのは安いちゃぶ台だけ、うちで余っていた何かの進物の電気ポットとコーヒーカップを運び込んで、信也のささやかな砦はできあがった。勉強道具はもって通う。どうしても必要なものができればそのとき揃えればいい。シンプルライフの先輩格、紅美子を見習った形である。

「先輩」の部屋は信也の真上に当たった。紅美子は静かな住人だった。日中は仕事に出かけているのだろう、留守が多い。予備校に行くふりをして家からここに直行し、ごろごろしていても、上に気配がないことからそれがわかった。休日や夜も、テレビの音がするでなし、客も来ないようで話し声もせず、静かなことに変わりはない。しかし人がいることは、やはりはっきりとわかった。何をしているかまではわからないが、動いている様子に耳を澄ませてしまう。彼女は妖精ではなく人一人の重さをもっているのだと、そんなときに実感できた。いつの間にかページをめくる手が止まっていることに気づき、また気を取り直して読み進める。――四月の半《なか》ば、ここに入居してから二週間と少しで『竜馬がゆく』と『燃えよ剣』を読破してしまった。こんな時代のような手ごたえが欲しい、と思う。殴っても蹴っても頑強に跳ね返してくれる、何か。

参考書や問題集は、ショルダーに入って家とこことを往復しているだけだった。


ある日、信也は下半分がへこんだドアを叩いた。顔を覗かせた紅美子は驚いた顔をした。

「予備校はどうしたの」

「実は朝から姉貴が産気づいちゃって」

「へえ」

「おふくろもそれに付き添ってって、大騒ぎで」

「それで」

「それだけ」

「さぼる理由になってないわよ」

「そういう蘇芳さんこそ」

「フリーの特権。今日は気が乗らないから休み」

「じゃあこれ、さし入れ」

信也は自宅の冷蔵庫からかっぱらってきたイチゴのパックを肩のあたりまで持ち上げて

見せた。紅美子は呆れたように、「あがんなさいよ」とだけ言った。

部屋は、ホットカーペットがなくなった以外は三週間前と少しも変わっていないようだった。ざっくり編んだベージュ色のセーターにブルージーンズの紅美子は、また絵を描いていたようだ。ちゃぶ台の上に画板と色鉛筆の箱があった。この部屋ではほかにやることもないだろう。画用紙には柔らかい色で、窓辺から見える風景が描かれている。物干し台に置いてある植木鉢もちゃんと画面に入っていた。見ると鉢の土からは、日本で小学生時代を過ごした者ならばたいてい見覚えがあるはずの小さな芽が立ち上がっていた。

紅美子はちゃぶ台の上から画板と色鉛筆をのけて、パックのまま洗ったイチゴを置いた。よくよく何もない部屋だ。

「お姉さんていくつ」

「ええと……二十五」

「ふうん。君とは七つ違いか」

そう言ってこの間のようにひょいとあぐらをかく。「君」という呼び方はあまり嬉しくなかったが、紅美子の口から出ると似合い過ぎていて抗議する気もしなかった。

「そうですね。蘇芳さんとは？」

カマをかけてみたが、

「さあてね、こっちがずううううっと年上よ」

紅美子は節をつけて言うと、遠慮なく二つ目のイチゴを取った。はぐらかされたようだった。

「朝顔、描いていたんですか」

畳の上に無造作に置かれた絵に目を落として聞いてみた。

「うん、まあね。やっと芽を出したから」

紅美子はつややかに赤いイチゴの先で物干し台を指してみせてから、ゆっくりと口に運んだ。

「よほど好きなんですね。朝顔ばかり四鉢も」

「さあ。同じ花を揃えたかっただけかな。どれが一番先に咲くか見るために」

「競争させてるんですか？」

「名前もちゃんとつけてるの。右からお父さん、お母さん、僕、私」

「何ですかそれ」

噴き出しそうになったのを慌ててこらえた。紅美子はどこか上《うわ》の空《そら》で気づかない。その瞳は物干し台の向こうの空を映しているようだ。

「君のお姉さんはきっと、赤ちゃんに『早く大きくなあれ』って言うんでしょうね」

「は。そりゃまあ、多分。たいていの親はそうでしょう」

いきなり言われて面食らう信也にかまわず続ける。

「おかしなもんよね。生き物はみんな必ず死ぬんだもの。大きくなるってことは死に近づくことなのに。早く花が咲くのは、それだけ枯れる日も近いってことなのに」

紅美子は唇にうっすらと笑みを浮かべた。美しい笑みだったが、同時にひどく重苦しいものでもあった。妖精の薄い羽ではとても運びきれないほどの。

またしても予備校に行っているはずの時間に顔を出した信也を見て、ドアを開けた紅美子は潤んだ目を丸くした。くたびれたジャージー姿で、顔が紅潮している。

「何やってんのよ」

「これを見ればわかるでしょう」

信也は紙袋から桃の缶詰を出して見せた。

「わかるもんですか」

「お見舞いの定番じゃないですか」

「そうじゃなくて、予備校は……」

そこまで言って激しく咳き込む。

「ああ、いいから寝ててください。大家さんに聞きましたよ、ひどい風邪で寝込んでるって」

親不孝のドラ息子、などと憎まれ口を叩きながらもいつもの元気はない様子で、紅美子は素直に部屋の中に戻った。敷きっぱなしてあった布団の上に横座りになり、毛布を引き寄せて膝を覆う。動作がいちいち気だるげだ。

「医者には行ったんですか」

「ううん。なんだか面倒でね」

「熱は」

「ここには体温計、ない」

「飯は食ってるんですか」

「食欲ない。昨日から食べてない」

「しまいに死にますよ」

「それもいいかも」

「熱が頭に来てますね。似合わないこと言って」

信也は何の気なしに手の甲を紅美子の額に当てた。紅美子がぴたりと動きを止めたものだから——不自然に時間が凍りついてしまった。

やがて、

「生意気」

紅美子は小さな声でそう言い、信也の手を押しやりながら、また軽く咳き込んだ。

「あの——うちから炊き込み御飯を少しもってきました。食べてください」

咳払いをしながら信也は、紙袋からタッパーを取り出した。紅美子は警戒心の強い猫のような表情になる。

「炊き込みご飯？　君のお母さんが作ったの」

「そうですよ。姉貴の好物だからたっぷり炊いちゃって、余ったんです」

「……いらない」

「遠慮しないでください。けっこううまいですよ」

「いらないって」

「なんでですか」

「いらないったらいらないの！」

強く振った紅美子の手が当たり、信也が差し出していたタッパーはころんと畳の上に落ちた。うずくまって毛布をかぶった紅美子の「ごめん」と言う声が、かろうじて聞こえた。

信也はため息をついた。

「ほんとはね、紅美子さんに食べてもらおうと思って、僕が炊いたんです。せっかくですから味をみてください」

「うそ」

紅美子は顔の上半分を出して言う。

「本当ですよ」

「じゃあ作り方言ってごらんなさい」

「ええと、米をシイタケの戻し汁か昆布をつけた水に浸しておく。具を味がなじみやすいように切り揃えて下味をつける。それを米の上に広げ、水加減をして調味料を加え、スイッチを入れる」

考えるまでもなくすらすらと答えた。実のところ料理は嫌いではない。毎日やれと言われたら億劫なのでおふくろに任せているが、たまにちょっと凝ったものを作るのは楽しいくらいだ。

「信用していいみたいね」

紅美子は起き上がった。

「箸《はし》ももってきましたから」

「お箸くらいあるわよ」

「じゃあフォークは」

「……」

もってきてよかった、と思いながら、信也はこれも持参した缶切りで桃の缶詰を開けた。紅美子は信也の渡した割り箸で、餌をついばむ小鳥のように炊き込み御飯を少しずつ口に運んでいる。その様子を横目で見ながら、台所の洗い籠に伏せてあった西洋皿を取ってきて――カレーを食べるようなでかいものだが、ほかに皿が見当たらないから仕方がない――そこに缶詰の中身を移した。

「どうですか、味」

「いいお婿さんになれるわよ」

「何かほかに欲しいものないですか」

「ビール」

「馬鹿言ってんじゃありません。あとでスポーツドリンクと、野菜ジュースか何か買ってきてあげますよ」

「『野菜生活』にして。フルーツ果汁も入ってるやつ」

「はいはい」

「それと、鉢植えに水やっておいてもらえるかな」

フォークを添えた桃の皿を手のかかる病人に渡しておいて、信也は窓を開けた。中の空気がよどんでいることが今更にわかる。少し風を入れたほうがいいだろう。

「お父さん」「お母さん」「僕」「私」とわけのわからない名づけ方をされた四つの鉢植えにはどれも、蝶の形をした淡い緑の双葉が仲良く頭を並べていた。

ジョウロなんてものがあるとは思えなかったので、やはり洗い篭に伏せてあったコップで水を汲んできて、こぼさないよう注意しながら鉢に注いでやった。

「どれが一番よく育ってる?」

紅美子はそんなことを問いかけてきた。

「さあ。そんなに差はないでしょう」

「本葉が出てるのはない?」

「うーん、ひょっとしてこれが本葉の芽かなあ。『私』さんに出ているやつ」

「ふうん」

関心があるのかないのか、急に話題を変えた。

「そういえばお姉さんは」

「退院してきましたよ。姪っこと一緒に」

「そう、女の子なの。名前は」

「まだ検討してます。朝美《あさみ》と葵《あおい》から絞り切れなくて、『どちらにしようかな』なんてやってました。だけど、片方に決めたと思ったらもう一方のほうが良く見えてくるらしいんだなあ」

熱があるからか、紅美子はいつもよりおとなしく笑う。

「ああ、天の神様の言うとおりって」

「それがね、姉貴のダンナは奈良出身なんで、あっちでは『大仏様の言うとおり』だそうですよ」

今度はかなり受けた。「ローカルねえ」と咳き込みながら大笑いしている。

「だけど、あれって変ですよね。天の神様バージョンなら二十二文字だから、二つのもので選ぶなら、絶対始めたほうと逆の側を選ぶことになるとわかるはずなんだ」

「あたしは勘定したことないわよ」

「勘定しなくたって、経験上わかってると思うんですよ。たとえ改めて意識しなくても。ひょっとして人間、『どちらにしようかな』をやるときは、もう無意識下で決めてるんじゃないかな。自分がすでに無意識下で選んでいるものと逆のほうから歌を始める。そうやることで、自分の選択に神意を反映させた気分になる」

「……あんた、ヤな奴だって言われたことない？」

紅美子は桃の切れを口に入れながら、本当に嫌そうに顔をしかめた。恩知らずだ。

「なんでですか」

「理屈こねすぎ。もてないでしょ」

「放っておいてください。これでも大学では心理学、やりたいんです」

「でも、お姉さんはそれを使っても結局は目移りしてるんじゃない」

「そりゃ、そうですけど」

「人間の選択なんて、理屈通りにはいかないわよ」

紅美子はため息まじりに言って口をつぐんだ。

「どうもありがとう」

帰りぎわ、行儀のいい子供のように正座して信也を見送りながら、紅美子は片手を拝むように立てた。

「いいんですよ。恩は倍返しが世間の決まりです」

「……オニ」

「はいはい。とっとと寝て早く元気になって、恩返ししてくださいね」

信也は笑ってドアを閉めた。病気の紅美子はいつもより扱いやすい。

3

「蘇芳さん」

声をかけると、紅美子は振り向いて大きな目をさらに見開いた。そのまま向き直り、信也の目の前に仁王立ちになる。今日もストレッチジーンズに薄いブルーのシャツブラウスという飾り気のない簡素な装いだった。アクセサリーの類いもつけず、化粧さえ最低限のようだ。何か言われる前にこちらから口を開いた。

「今日は予備校に行ってきました。正真正銘、その帰り道ですよ」

「ああ。そういえば予備校、この近くだって言ってたっけ」

出端《でばな》をくじかれたか、紅美子は気の抜けた声を出した。もっとも向かいのマクドナルドに二時間陣取り、ビルの一室にあるオフィスから彼女が出てくるのを見張っていたのは秘密である。風邪が治って二週間、さすがに仕事がたまっているのか、ここのところの紅美子は松籟荘《しょうらいそう》を留守にすることが多かった。

「恩返し、まだだったわよね」

思い出したように紅美子は言った。

「待ってました」

「遠慮ってもののない子だねえ。いいわ。好きなものを奢《おご》ってあげよう」

「仕事、もういいんですか」

「うん。今日は上がり」


「もう一軒行こうっ」

そろそろ恩を仇で返されているような気がしてきた。確かに奢ってはくれた、生まれて初めてカクテルバーなどというところに連れて行ってもくれたが、信也は未成年だからとコーラやウーロン茶をあてがっておいて、自分は景気よくアルコールのグラスを重ねる。世にも気持ち良さそうに酔っ払った彼女を、週末の人込みの中で支えて歩く間、何度嫌というほど足を踏まれたことか。

「そろそろ帰りましょうよ」

「やだ。まだ飲む」

「僕は飲んでないんですよ」

「はは。飲んでないなら、まだ平気でしょ」

会話にならない。

「あー。そういえば今日は朝顔に水、やってないわ」

酔っ払いの言うことは脈絡がない。

「そうですか」

「水、一日でも切らしたら枯れるかなあ」

「はいはい。枯れますよ枯れます。だから帰りましょう」

朝顔の育て方など知るわけもないが、帰らせたい一心でそう言ってみる。ところが、

「そうかあ。それならいいっ。帰らないっ」

不可解だ。

紅美子が大きくよろけたので、信也は慌てて足を踏んばり、相手の肘を捕まえた。すると紅美子は、肘に添えられた信也の手にもう一方の手を重ねた。

「帰りたくないんだ。……いいでしょう？」

甘くため息をつくような言い方だった。


全身が、じっとりと水を含んだ海綿体みたいに重い。いや違った、「水を含んだ海綿みたいに」だ。「海綿体」といったらこの……。ああ、寝不足の頭には実にくだらないことしか浮かばない。

朝帰りというのはもう少し色っぽいものかと思っていた。紅美子が今まで見せたこともないような切なげな表情をあの大きな瞳に浮かべるものだから、思わずかちこちと緊張して、しかしその緊張を決して気取られないようにとだけ考えながらうなずいたのだが——まさかそのまま、朝までカラオケにつき合わされようとは思わなかった。しかも勝手に「アニメ・特撮縛り」を宣言して、信也など聞いたこともない古い番組のテーマソングを次々熱唱するものだから、つい頭に来てこちらはド演歌を続けざまに歌って対抗。不毛な闘いだった。

——あんな女に振り回されるほうはいい迷惑だ。

八つ当たり気味なことを思う。徹夜明けでなおハイな紅美子を松籟荘の部屋に文字通りほうり込み、だるい体を引きずってうちに戻ることにした。

橋にさしかかるあたりで、背後から声をかけられてぎくりとした。動揺を隠すため、また腫れぼったい目を見られないように、そっぽを向いて道端の草の葉をちぎり、まるで草笛でもこしらえるかのように折り畳んでみる。

しかし幸い相手も、眠そうに垂れ下がったまぶたがいつも皮肉っぽく光っている目を半ば隠していた。乱れ放題の癖毛に不精髭、世間的な基準で言うところの「男前」が台なしだ。同級生の女どもが用事があってうちに電話をかけてくるとき、必ずその後で「あの渋い声だれよっ」と騒いでいたバリトンが言った。

「眠そうだな」

「そっちこそ」

「校了明けなんだ」

「不規則な仕事だね、いつもながら」

「大半は人災だ。締め切りを二週間勘違いしていたとぬかす作家がいた」

相手は小さくあくびをしながらそう吐き捨てた。

「飯の種にそんな言い方していいのかよ」

「いつも遅いほうに間違えられるとなりゃ、これくらいのことは言いたくなる。純粋なミステークなら、早いほうに間違えてくれればいいんだ。お互い後の進行が楽なんだから」

「直接言ってやれば？」

「扶養家族を抱える身でそんなことができるもんか。頼むから早く自立してくれ」

「多感な浪人生の心を傷つけてると、グレるぞ」

「言ってろ。グレると宣言して本当にグレた人間にはお目にかかったことがない。……そっちは徹夜で勉強かい」

「まあね」

まさか徹夜で某女性とカラオケしていたと言うわけにはいくまい。部屋を借りた当初は必ずうちに帰って寝ていたが、毛布やタオルケットがあれば夜を過ごせる時候になってからは、アパートの部屋で夜更《よふ》かしついでにそのまま泊まることも増えていた。不審に思われはしないだろう。

「徹夜はやめておいたほうがいいぞ。あれは疲れる分充実感があって自己満足に浸ってしまうが、実際の効率は極めて悪い」

「そっちだって徹夜組じゃないか」

「今朝九時が印刷所のデッドラインだったんだ。効率のなんのと言っている場合じゃなかった。お前はまだそこまで追い込まれてるわけじゃないだろ」

「そりゃそうだが」

「勉強が好きだからもう一年受験勉強をしたい、と言うなら止めないがな」

「あらま。お優しいことで」

「礼には及ばない。二十歳を超えてからの出費は借金としてツケておく」

出版社に勤める編集者である彼は、いつもこんなふうに口が悪い。仕事のときは自重していると本人は言うが、そのうち作品をけなし過ぎて担当作家を怒らせ、夜道で襲われる羽目になるまいか。刺されたら洒落にならないが、殴られたぐらいならとりあえず笑ってやろう。

「わが姪っこの命名、満足してる?」

先に立って門扉《もんぴ》を押し開けながら、信也はふとそう尋ねた。

「ああ。……蕪村の朝顔の句は絶品だからな」

相手は眩しそうな表情になってそう言った。この一人の男の中に、性格の悪さと救いようのないロマンティシズムが同居しているのは理解に苦しむところだ。

「それでお前、姉さんが帰ったら向こうは引き払うのか」

立ち止まってそんなことを聞いてくる。

「さてね。こういう態勢にも慣れたしな」

「本当にそのほうが勉強がはかどるというなら、俺は構わないが」

「とか何とか言って。姉貴がいなくなって、おふくろのヒスを一人で受け持つようになるのは困るんじゃないの」

「馬鹿言え」

機嫌が悪いときが一番よく似ていると言われる相手の顔を眺め、信也は自分も傍から見ればこんなふうなのかと不思議に思う。自分ではどこが似ているのか少しもわからない。

「ま、考えておくよ」

わざと尊大な口調で言いながら、信也はニヤリと笑って体を避けた。男はその前を通り過ぎざま、

「母さんとはあまりしゃべるなよ。徹夜で勉強してどうして喉がかれてるのか、不思議がられるぞ」

そう言い捨てた。

――くそ親父。

玄関のドアを開けて、父はそのまま立ち止まった。どうしたんだよ、とその肩越しにのぞき込むと、框《かまち》に一人の男が腰かけていた。ポロシャツ姿の、三十代前半に見える人物だ。叩くとかあんと音がしそうに生真面目な表情をしている。知り合いの中にこういう顔がいた覚えはないが、しかしどこかで見かけたような気がした。目をしょぼしょぼさせて、これも見るからに寝不足とわかる。このあたりは徹夜の人口密度が異常に高いらしい。人を訪問するには明らかに早すぎる時刻だが、母がそのそばに丸こい膝をついて茶を勧めているところを見ると、客には違いないようだった。

父を見ると男は立ち上がった。それがすごい勢いだったので、すわ担当作家が刺しに来たかと信也は思わず父の腕を引いたが、男はそのまま直角に体を折った。

「三浦さんっ。本当に申し訳ありませんでしたっ……」

最敬礼したまま頭を上げない。母が困った顔で、

「上がってお待ちくださいって言っても、ここで待つとおっしゃって」

と言った。

「よしてくださいよ、ミネオ先生。それよりおめでとうございます」

実に珍しいことだが、父親が進退きわまった声を出していた。

「先生はやめてくださいっ。三浦さんがおられなかったら、僕ら夫婦はどうなっていたか……。それなのに僕はあんなひどいことをっ」

激しやすい性質らしく、そのミネオという男は声をつまらせている。彼が縷々《るる》語ったところと、父親がときおり往生したように挟んだ言葉を総合すると――。

ミネオは、父が大学時代にひとかたならず世話になった先輩の息子らしい。小説家志望の彼はそのつてをたどって、父のいる編集部に原稿を持ち込んだ（「先輩の息子というだけで、あれほど丁寧に読んで下さってっ」「そんなに甘かぁありませんよ。見どころがあるとピンと来たからこそじっくり読ませてもらいました」というやりとりが交わされた）。

父は懇切に彼を指導、未熟なところも多かった原稿をミネオの言うところによれば「二人三脚のように」練り上げていった。これで本にできるだろうという明るい見通しが立っ

たころ、それまで家計を支えていたミネオの妻が病に倒れた。収入は断たれ、治療費まで必要となり、生活はたちまち逼迫《ひっぱく》した。ミネオの両親はすでに亡く、駆け落ち同然だったため妻の実家にも頼れなかったそうだ。

「そうしたら三浦さんは、すぐにまとまった金を用立てて下さった。本来なら、まだ作家の卵とも呼べない僕が編集さんに甘えていいわけもないのに、生活の苦しさのあまりっ」

「いや……亡くなったお父さんには私も、金のなかったときよく奢ってもらっていました。それに、じき本を出せる予定だったんですから」

ところが肝心のその本の出版が、会社の都合で急に無期延期になってしまった。父が勤めるような小さな出版社にしてみれば、珍しい事態とまでは言えない。それでもミネオにとって死活問題であることに違いはなかった。

「僕が自分を一番許せないのはそこです。出版延期は三浦さんのせいじゃないとわかっていながら、大恩ある相手に向かって、あんな感情にまかせたことを口走って」

「とんでもない。状況を考えればずいぶん紳士的なものだと、こちらこそ恥ずかしく思いました」

ともあれ気まずい別れとなり、ミネオは不運を恨みながらも、暮らしを立てるために仕事の口を探すしかなかった。しかしその前に彼は、完成していた自分の小説を、とある名の知られた賞に応募した。金に窮した人間が宝くじを購入するような気持ちと、父の出版社への腹いせの気持ちとが半々だったようだ。その後、おいそれといい仕事が見つかるわけもなく、アルバイトでどうにか食いつなぐのも限界に来た頃、思いがけず受賞の知らせが舞い込んだ――。

「そうして初めて、自分がどれほど恩知らずだったかに気づいたんです。あの原稿をよそに応募するなんて」

「馬鹿な。そもそもあの原稿の出版を延期したのはうちの上層部の判断ミスです。こちらで無期延期にした以上、あなたの原稿なんですからどう使おうとご自由ですよ」

「いいえっ。あれは、三浦さんのお力添えがあったからこそあそこまでになったんです。少しでもいいものにしたいと、手直しにまったく妥協を許して下さらなかった。きつかったけれど、そうやっている時間は本当に楽しかった……」

作家はついに手放しで号泣《ごうきゅう》を始めてしまった。信也はようやく、この人物に見覚えがあった理由に思い当たっていた。峰尾秀則《みねおひでのり》、といったか。二カ月前に有名な小説新人賞を受賞した作家だ。写真つきの記事を見た。朴訥《ぼくとつ》な印象の人物だったが、これほどの激情家だということまではわからなかった。

熱血の苦手な父は、泣く作家を見て途方に暮れているようだ。背中を見ているだけでそれが感じられる。そういえば、手がけた作品がいい本になったときが何より嬉しいと、そんな言葉を聞いたのはいつだっただろうか。ずっと前のことに違いない。そっぽを向いて父と話すようになってからずいぶん経つ。

「それでも今まで金を返しに来なかったのは、それだけではとても罪滅ぼしにならないと思ったからです。これを」

峰尾はしゃくりあげながら——幼子《おさなご》ならともかく、大の男がしゃくりあげている姿も珍しい——傍らに置いていたショルダーバッグから、封筒と一枚のフロッピーを取り出した。

「こちらはお借りした金。そして許してもらえるなら、このフロッピーの中の小説を緑《りょく》蔭社《いんしゃ》から出していただきたいんです。今なら話題性があるから、ある程度売れるはずです」

峰尾は父の勧める出版社の名を口にした。父は喉から手が出かかっているのがはっきりわかる声で、言った。

「それはまずいでしょう。受賞第一作は賞を主催している大洋社《たいようしゃ》から出さなければ」

「いえっ。……はい、申し訳ありませんが、それはそうです。けれど、ほとんど間をおかずにお宅からも出せるようにしたかったのです。それがせめてもの償いです。だからこの二カ月で、長編を並行して二本書きました。もう一本はこの後大洋社に持って行きますが、どちらも遜色のない出来になっているはずです」

「へえ。たいしたもんだ。筆がお早いほうではないのに」

なるほど、仕事関係では多少は表現に気を遣っているらしい。言葉の裏にははっきり『書くのがひどく遅いのに』という意味が聞き取れたが。

「人間、やりゃあできるもんです」

峰尾は涙でくしゃくしゃの顔をほころばせた。

——なるほどね。ゆうべ遅くまでかかって書き上げた作品を、朝いちで持ってきたわけか。

信也は納得した。父は封筒とフロッピーをおしいただいた。

「早速拝読します。そして一日も早く出させてもらいましょう」

「とはいっても、三浦さんのことだから、納得のいくまでゴーサインはお出しにならないでしょうね」

「もちろんです。手直しの覚悟をしておいてください」

作家先生、笑いながらまた号泣を始めてるし。驚いたことに、框にぺったり座ったままおふくろも大粒の涙を流している。あげくに奥から、赤ん坊の泣き声まで聞こえてきた。

大騒ぎだなこりゃ、と思いながら、信也はひどく明るい気分になっていた。

4

ドア口に、膝まで届くほどの長いのれんが揺れていた。クーラーのないアパートの二階だ、風が通らないとそろそろ蒸し暑くてやり切れないだろう。目隠しのために急遽吊ったらしいネイビーブルーのそれには、「のれんに腕押し」とふざけた文字が染め抜かれていた。

こちら側に開け放たれたドアを、曲げた指の関節でノックする。

「何か用」

誰かと聞きもせず、世にも無愛想な返事が返ってきた。

「用がなかったら来ちゃいけないんですか」

「用がないんなら来ることないじゃない」

「顔が見たいから、じゃだめですか」

性急な言い方になった。やや間があって、

「おちゃらけてる暇があったら勉強すれば」

「お茶くらい淹れますよ」

「そんなら、まあいいか」

お許しを賜《たまわ》ったのでサンダルを脱いだ。紅美子はオレンジ色のタンクトップにベージュのショートパンツという身体の四分の三以上を露出させた格好で、今日も絵を描いていた。スケッチブックを立てているので、ここからではどんな絵かは見えない。信也は台所部分に突っ立って聞いた。

「何を飲みますか」

「紅茶」

「アイスにしましょうか」

「ホット」

「この暑いのに」

「暑いときは熱いもので汗をかいて体温を下げるのが合理的」

「はあ」

もしかして紅茶の葉を買いに行かされるのかと思ったが、棚にティーバッグの買い置きがあったのは上出来だった。洗い籠の中に一つきりのマグカップは紅美子用、自分は湯飲みを拝借して紅茶を淹れた。紅美子がノーシュガー派だと言ったので、そのまま運ぶ。マグカップを紅美子の前に置くと、信也は速やかにちゃぶ台から離れて窓を背に腰を下ろした。

「どうしたの」

「いえ、別に」

少し遠巻きにしていたい気分だった。紅美子の無駄な脂肪のついていない肩も脚も、ひどく白く見えた。

「少し痩せましたか」

「寝不足なのよ」

「頑張りすぎじゃないですか」

「何を」

上目《うわめ》で睨まれる。

「いえ、別に」

つい繰り返しになってしまい、信也はあぐらをかいていた脚を前に投げ出しながらそっぽを向いた。

「不眠症気味なの。薬はもらっているんだけどね」

「効《き》かないんですか」

「自然に反するものには頼りたくない」

「徹底してないなあ」

笑っておいて、首を後ろにひねった。物干し台の、おかしな命名をされたおなじみの植木鉢はどれにも支柱が立ててあって、蔓が勢いよく這い上っていた。

「大きくなりましたね」

「もうすぐ咲くかしら」

「そうですね。つぼみの元らしきものがちらほら」

「どの鉢が一番早いかな」

「それはまだ、何とも」

水色の色鉛筆を寝かせて走らせながら、紅美子は無愛想な調子のまま言う。

「こないだ言ってたわよね。迷ってるつもりでも、無意識では決めていることがあるって」

「ええと。はい、多分」

「いい加減ね」

紅美子は眉間にたてじわを寄せた。

「確か姪っこの命名と『どちらにしようかな』について話したんでしたっけ」

「なんだ、覚えてるんじゃない。それでね、思ったわけよ。どの鉢が一番に咲くかに興味をもっているつもりでも、無意識にこれが咲いてほしいと思っているかもしれない。そうしたら、やっぱり無意識のうち、鉢の世話に微妙な差が出るかもしれない。それじゃ公平な競争にはならないって」

「それは、心理学的に言ってあり得ると思います。でも、そこまで厳密に開花の早さ比べしてるんですか？」

さほど熱心に世話をしているようでもないのに、と呆れながら言うと、紅美子はいつも表情の豊かな唇をへの字に曲げた。

「いろいろ事情があってね」

今度は濃い青の鉛筆を手にとって、

「青い花が咲く予定。そういって種を買ってきたから」

言いながらまた画用紙にこすりつけ始めた。

「青が好きなんですか」

「『朝がほや一輪深き淵のいろ』。知らない？　朝顔をうたった有名な俳句」

「……どっちかといや、『釣瓶とられてもらひ水』のほうが有名です」

信也はぶすりとそう言った。ひどく腹立たしい気分だった。

「だってあの俳句、嫌いだもん。毎日使うつるべを、朝顔に占拠されるまで気づかないなんて、そんなわけないじゃない。白々しい。あたし優しいでしょって言いたげなのが見え見え」

「千代女は長期の留守をしていたのかもしれない」

紅美子は手を止め、うーんと考え込んだ。

「それじゃ、もし朝顔が枯れるまでもらい水を続けたのが確認できたら、嫌いだっていうのを撤回しよう」

「そんな確認は無理だと思いますけどね」

軽口をたたき合っても、いつもほど気分が乗らなかった。連想で思い浮かんだことが口から滑り出す。

「そういえば姪っこは、結局『朝美』って名前になっています。最終的に『おじいちゃん』の希望がかないました」

「そう」

紅美子は極めてそっけなく言い、口をつぐんだ。

やや間があいた。信也は連想を止められなかった。

「昨日、この部屋に男が来ていましたね」

紅美子はぱちんと音がしそうに素早く顔を上げた。

「予備校に行ってたんじゃなかったの」

「そう思っていたでしょ。実は部屋にいたんです」

厳密にいえば嘘だった。早くフケて帰ってきたので、帰る男の後ろ姿を見ただけだ。それでもこの間からの明るい気分を帳消しにしてしまうような不快な目撃だった。そのとき以来心の中にどろどろとたまり続けたものを吐き出すように、信也は嘘を続けた。

「知っていますか？　下の階にいると上の気配はすごくよくわかるんですよ」

「何が言いたいの」

紅美子は突然警戒するように、脚を折って堅苦しい正座の姿勢になった。気がつくと信也はいつの間にか、ちゃぶ台を挟んで彼女と相対していた。

「相手の男、ずいぶんなオヤジみたいですね。妻子もちはそんなに上手《じょうず》ですか？」

「なに薄汚いこと言ってんの。子供のくせに」

紅美子は怒りと脅えが交ざった表情でこちらを見上げた。また気づいてみると、信也はちゃぶ台に手をついて膝だちになっていたのだった。

「子供だって、俺とあなたのほうが、あいつとあなたより歳が近い。そうだろう」

それから起こったことの順番はよくわからない。ちゃぶ台を突きのけたこと。紅美子の肩に手をかけたこと。彼女が小さく鋭い悲鳴をあげたこと。

我に返ると、信也は紅美子を畳に押し倒して両肩を押さえつけていた。タンクトップの片方のひもがずれて、薄い胸の裾野あたりが見えかけている。信也の心臓は肋骨《ろっこつ》の内側で、バウンドするみたいに高鳴っていた。——この後どうすればいいんだろう？

紅美子は横顔を見せ、目をぎゅっと閉じている。唇が動いたので大声を出されるかとぎくりとしたが、聞こえたのはほんのかすかな声だった。

「あたしに、あなたを軽蔑させないで」

みぞおちのあたりがかっと燃えるような気がした。

「軽蔑してるのはこっちだよ」

こちらもかすれた声しか出ない。紅美子はもう何も言わず、目をますます堅く閉じた。信也が汗ばんだ手をタンクトップの裾にかけたとき、かさりと紙の鳴る音がした。紅美子が畳に投げ出されたスケッチブックを握り締めたのだった。そちらについ向けた信也の目が、一番上の紙に描かれたものを捕らえた。水色のシャツ、ブルージーンズの脚を投げ出して座った青年らしき姿——ついさっきまでの信也だった。

それがひどく伸びやかで爽やかな絵だったので、信也は無性に泣きたくなった。華奢《きゃしゃ》な両肩を放すと、よろめきながら立ち上がった。逃げるように部屋を出て行くとき、ちらりと振り返ると、紅美子はさっきと同じ姿勢で横たわっていた。目尻に涙が伝っているのが見えた、気がした。

　あんなところをほかの人間に見せたくない。ひどく身勝手な動機で、信也はドアを閉めた。しかし一度閉めてしまうと、それは途方もなく重量のあるものに思えてきた。これをもう一度開ける力が自分にあるだろうか？　ノブに手をかけ、――しかしとうとう回す勇気さえ出ないまま、信也は部屋を後にした。

5

　二階に続く階段が断崖絶壁に見えた。

　しかしそれでも上らないわけにいかない。あれから数日が経過していた。もしこのまま謝りに行かなければ、紅美子は一生信也のことを、卑劣な男として思い出すだろう。彼女にそういう男を憎む親切気など期待できない。彼女が抱くとすれば、醜悪なものに対する嫌悪感だけだろう。あの一風変わった美しさをもつ顔が、自分のことを思うたび嫌悪で歪むのを想像するのは恐ろしいことだった。

　職員室に叱られに行く小学生の気分で、信也はまた海の色ののれんの前に立った。へこんだドアをおずおずとノックする。

「待っていたわ」

そんな言葉に、相手を間違えているのではないか——とほとんど痛みに似た不安を覚えながら、のれんから頭だけくぐらせた。顔が向こうからよく見えるように。

紅美子は正面の窓に、鉢植えを背にして寄りかかって座っていた。どういうわけか、部屋の中央のちゃぶ台の上に鉢が一つ載っている。もうしぼんではいるが、花が一輪ついていた。

「謝りに来る気を起こすのに何日かかるかと思ってた」

紅美子はそう言って、組んだ両手を頭の後ろに当てたまま、部屋の隅に向かってあごをしゃくる。自分とは離れたところに座れ、という意味らしい。今日の紅美子は汗ばむような日和《ひより》に、襟元まできっちりボタンを留めた長袖のブラウスとジーンズを身につけていた。肌が見えるのはツンと尖った表情を浮かべた顔だけだ。

指示通り部屋の隅に、できることなら体積をゼロにしたい気分で小さく座った信也は、膝に手をついて頭を下げた。

「この間は申し訳ありませんでしたっ。でも俺、本当に紅美子さんのこと」

「戯《ざ》れ言《ごと》はいい」

ぴしりと鞭で打つように言われ、信也は唇を嚙んだ。あのようなことを言い、あのようなことをした相手に、それを言う権利を与えてくれるような女性ではない。それはわかっていたはずだった。

紅美子はひょいと立ち上がり、体重を感じさせない歩き方で、信也の存在には目もくれず台所に向かった。蛇口からあふれる水をヤカンで受ける音、ガスコンロを操作する音が聞こえてくる。

「あの……お構いなく」

「やかましい」

遠慮がちにかけた声に、またこの上もないほど端的な返答だった。

じきに紅美子は戻ってきた。顔を上げられないまま、信也は目の前の畳の上に湯飲みが置かれるのを見た。中身のかなり白に近い液体からはミルクティーの甘い香りが立ちのぼっていた。畳を踏んで遠ざかっていく紅美子の足まで、サックスブルーの靴下にきっちり包まれているのを見て、信也はまた少し泣きたくなった。

「軽蔑してるって言ったよね」

「あれは……取り消します」

「あっさり取り消せるようなことを口にする男なの、あんたは」

揶揄《やゆ》にかまってはいられない。

「だけど、不倫なんて暗いこと、紅美子さんらしくない」

「あたしらしい？　あたしらしいってどんなことなの？　いい加減なこと言うんじゃない。それがわかるほど、あたしのこと知りもしないくせに」

「それくらいわかります。好きだから」

紅美子が言葉に詰まるのがわかった。不意打ちに成功したことで、信也はこんな場合だがささやかな満足を覚えた。

「あんた、やっぱり勘違いしてる」

しかし不意打ちなどまったくなかったことのように、紅美子はすぐ冷静な声に戻った。

「あたしとあの人はね、不倫なんて間柄《あいだがら》じゃない。あたしが妻子もちに一方的に惚れ込んで、そうして勝手に憎んだだけ。……飲みなよ」

言われて顔を上げると、紅美子もマグカップを口に運んでいた。中身は同じだろう。信也は柔順にミルクティーをすすった。ミルクがたっぷり入っているせいか、それほど熱くない。砂糖もどれだけ入れたものやら、正直いって無茶苦茶甘かった。

「暗いことがあたしに似合わないって？　教えてあげる。あたし、あの人の家族の中の誰かを殺して家庭をぶち壊してやりたくて、ここに来たのよ」

爆弾はこんなふうに無造作に放り投げるものかもしれない。湯飲みをもつ信也の手がかすかに震えた。

「怖くなった？」

からかうような言葉に「いいえ」と答え、信也は挑むようにミルクティーを飲み干した。

「怖くなんかない。紅美子さんにそんなことを考えさせる相手の男が許せないんだ」

途端に頬に血が上るのを感じてまた顔を伏せる。自分に人を責める権利などないのだった。しかし続いた紅美子の声は平べったく、何の反応も感じ取れなかった。

「恋しくて恋しくて、その分憎くて憎くて、誰かを殺さなければとてもこの気持ち、収まらないと思った。だけど誰を殺せばいいかわからなかった。誰より憎いあの人を殺すのか、あの人を独り占めしている奥さんを殺すのか、それともあの人が帰って行く幸せな家庭とやらの中心になっている、息子を殺してやればいいのか。この朝顔の鉢は、それを決めるため。『どれにしようかな』みたいなもの。一番先に咲いた鉢の人がターゲットになる、ロシアンルーレット」

早く大きくなるってことは、早く死に近づくということ――そう漏らしたときの紅美子のほほ笑みが、ぞっとするような鮮やかさで脳裏に蘇った。

「だけど……だけど、紅美子さんは本気で誰かを殺したいなんて思ってなかったはずだ」

「本気よ」

「違う。だってあの晩——二人で過ごした晩、帰って水をやらないと鉢植えが枯れるといったら、そんなら帰らないって言ったじゃないか。心の中では、枯れてしまってルーレットが成立しなければいいって思ってたんだろ」

「……あいかわらず生意気ね、人の心を勝手に判断して」

紅美子は疲れ果てたようなため息を漏らした。

「当たり前よ。いくら本気だってこんなこと、迷わずにできるわけがない。あの人のうちの近くにすみかを見つけて、偵察を始めて三カ月——。すぐにでも殺せるほど憎しみが募るときと、何もかも馬鹿馬鹿しくなってやめたくなるときと、行ったり来たり。心療クリニックにだって通ったわ。止めてくれる人があればいいとも思った」

「ねえ。代償行為って知ってますか」

まったく違う話題をひっぱり出す、いつもの紅美子をまねてみた。

「それくらいの用語ならね、心理学者さん」

「本物が手に入らないなら、代用品で我慢できませんか。俺じゃ駄目ですか」

「あんた、プライドってものはないの。自分のこと代用品だなんて」

「あなたのためなら。それでそいつを忘れてくれるなら」

「あたし、プライドのない男は嫌い」

氷のような女だ、と思いながら信也は目をこすった。急に眠気がさしてきていた。

「それにね、もう花は咲いたのよ。そのちゃぶ台の上の鉢」

紅美子の声が本当に氷のような冷たさを帯びた。

「誰の鉢ですか。『お父さん』がその男、『お母さん』が妻、『僕』がその息子で『私』が娘なら」

「違うわよ」

氷がふと笑いを含んだ。

「娘はもう、うちの外に出て関係なくなっているもの。だから、あ、い、ん、た、の、お、姉、さ、ん、の、こ、と、じゃないよ」

信也は重いまぶたを持ち上げ、その日初めて紅美子の目を正面から見据えた。自分が知っていることを、もう紅美子も気づいている。二人はそれをお互いの目の中で確認しあった。しかしまたすぐ眠気が信也の目をふさいでしまう。

「『私』というのはね、あたし自身のこと。だって自分が死んでしまうのが一番てっとり早いってわかっているんだもの。ルーレットにいれなきゃ不公平だわ」

眠気が閉ざしつつあった信也の意識を、その言葉がまた少しこじ開けた。紅美子が——

この冷たくてわがままで乱暴な、このうえもなく美しい生き物が、死んでしまうかもしれない。そのことは——けしからぬ事かもしれないが——父や母の死の可能性よりもショックだった。そして自分の死よりも。

「一体、どの鉢が、咲いたの。あなたは、死んじゃいけない。死んじゃいけないのに。あなたは、死んじゃ……」

やっとの思いで口にした言葉は、相手にどれだけ聞き取れただろうか。紅美子が畳を踏んで近づいて来るのがわかる。

「黙っていてごめんね。あたし、最初からあなたが、あの人の息子だって知ってたの。橋の上で見かけたとき、すぐにわかった。近づいちゃいけないと思いながら、どうしても……。だって本当に、あの人にそっくりなんだもの……」

小さな手が、思いがけず優しく頬を滑るのを感じた。

——睡眠薬。不眠症でもらったという。心療クリニックか。

——だからさっきのミルクティー。味をごまかすために。

切れ切れの思いが頭の中を浮遊した。

——俺の鉢だったのかな。

——それならそれでいいや。俺が死んで、このひとが生きるなら。

――でもこれだけは言っておきたかったな。俺も初めから、あなたと親父のことは知っていた。知っていたけど、それでも……。

そこで、信也の意識はことんと途切れた。


信也と姉が向かい合って座っている。うちの近くのファミレスだ。あれは今年の春先だったはず。

「親父が浮気ぃ？」

信也はあやうくコーヒーを噴くところだった。うちではできない相談があるからと連れ出されてみれば、とんでもない話を聞かされるものだ。

「まさか。あんな嫌みなオッサンに相手がいるのかよ」

「見解の相違ね。あれは若い娘にはモテるタイプだわよ」

大きなおなかをいたわってミルクを飲みながら、姉は中年のおばはんのようなことを言う。

「信じられないな」

「母さんの直感よ。うちでは使ってない石鹸の匂いをさせてることがあるって。こういうことにかけての女の勘はすごいんだから」

「石鹼の匂いねえ……。妄想に近いんじゃないの？」

更年期障害が高じて母の様子がおかしくなりかけていたことは気づいていた。姉が愚痴の聞き役になってくれたおかげで、それでもずいぶんよくなった。だから姉には感謝しているけれど、そういう精神状態にあった母の言葉を鵜吞《うの》みにしてもらってはまずかろうと思う。しかし姉は動じなかった。

「それだけじゃないわ。あたしが結婚する前からだったと思うけど、父さん宛てにここ何年か、凝ったデザインの年賀状が来ていたじゃない。仕事でよく一緒になるデザイナーだって言ってた」

「そういえばそうだったかな」

いいデザインの年賀状は翌年書くときの参考にしたいからと――そのくせ年賀状のシーズンには、忙しさに紛《まぎ》れてそれどころではないのだが――母はいつも、父や信也のもとに来た年賀状も見たがる。女の子から来ていたとき何のかの言われるのが嫌で、信也はここ数年断固拒否するようになっていたが、父にそんな自由はなく、当たり前のように家族全員の目にさらされていた。その中にいつも紫と赤をベースにした、抜きん出て美しいデザインのものがあったのは間違いない。

『仕事で世話になっているデザイナーの人だ。これくらいはお手のものだろう』

それが話題になったとき、父がいつものぶっきらぼうな調子で言っていたのも記憶にある。信也はこう聞いたはずだ。

『デザイナーって服をデザインする人のことでしょ。どうしてお父さんと知り合いなの』

『ああ、デザイナーといってもいろいろだ。いわば本に服を着せるような仕事をする人もいる。編集者とはずいぶん近いわけさ。写真や絵をどこに配置するか考えたり、カバーにどんな紙を使うか、どんな書体でタイトルを入れるか検討したり……』

仕事のことを語る父は、ぶっきらぼうでもいつも楽しげだった。父のことをオヤジでなくお父さんと呼んでいたあのときの自分はまだ中学生、ほんの子供だったのだ、と信也は夢の中で哀しくなる。

「なんだか難しい名前の人だったよな」

「母さんに問題の年賀状を見せてもらった。すおうくみこ、って女らしいわ」

姉はファミレスのテーブルにはおなじみのアンケート用紙とペンを拝借して、さらさらとその字を書いてみせた。

「へえ。すおうって読むの、これで」

「色の名前よ。紫がかった赤。本は乱読するわりにどうしてこうも国語が弱いかな」

「読書は受験のためになすような底の浅いものにあらず」

「誰の言葉よ」

「今作った」

「……来年またサクラを散らさないでよね」

「ご心配なく。俺が志望してる心理学はサイエンス。つまり理系」

信也はそうそぶいた。数学知識のなさを突かれたときは「心理学は文系」と言うことにしている。コウモリのような学問、というのが信也の抱いているイメージなのだ。

「とにかく、何年か続いて来た年賀状が今年来なかったんですって。この頃では楽しみにしていたから、何の気なしに『ご不幸でもあったのかしら』と聞いた母さんに、父さんの反応がひどくナーヴァスだったらしい。『ここのところあまり付き合いがないんだ。俺だってそんなに親しいわけじゃない』とか何とか」

「考えすぎじゃないのかなあ。年賀状が来なくなったってことは、親しい付き合いじゃなくなったんだと考えるのが普通だろ」

「ばーか」

姉は見下げ果てたように言った。

「女が妻子もちと抜き差しならぬ仲になったらね、年賀状なんか出したくなくなるもんよ。家族でこたつでも囲んでそれを見られると思ったら気が狂いそうになるもの。ましてそれに家族連名の返事が来たりしたら最悪」

そ、そんなもんかよと信也はたじろいだ。アネキの奴、経験があるんじゃないだろうな。

「でもなあ。やっぱりこう、具体的な証拠じゃないよなあ」

「あるわよ、具体的な証拠も」

姉はますます落ち着き払っている。

「父さんがあたしたちの名義で貯金してたのは知ってるでしょう。あたしのほうは結婚のとき解約したみたいだけど、あんたの分はまだ続けていたはず」

「ああ」

父親が小遣いの中から、最初は母に内緒で数千円ずつ貯めていたものだ。子供たちの将来のために、というつもりだったらしく、数年前のある日、偶然父の引き出しで通帳を見かけてそれを知った母はいたく感激していた。ところがそれがわかってみると、母としては心情的に小遣いを値上げせずにいられなかったらしく、損をしたような気がする、と言っていたものだ。

「母さん、その貯金は父さんが始めたことだからって、すっかり任せてタッチしてなかったんですって。ところが今回みたいな疑惑をもつようになって、のぞいてみたんですってよ」

「何でまた」

「浮気するのならお金は必要でしょう」

「ははあ。それで」

「ほとんど空《から》になってたらしいの。合わせて何十万かになっていたはずの通帳が」

「……父さんにはそのこと」

「確かめられるくらいなら、母さんだって苦労はしないわ」

信也は腕を組んだ。ここまでくれば不審といえば不審だ。それにしてもあまりにも漠然としている。それを言うと姉は澄まして言った。

「だから、よ。あんたが確かめてくるんじゃない」

「ええっ」

何が「だから」でそういう話になる。

「別に探偵ほどの働きは期待してやしないわよ。以前の年賀状でオフィスの住所はわかるわ。そこへ行って、その女がどんな様子かだけ見て来てほしいの」

「俺、受験生だぜ」

「家族の一大事にそんなこと言ってる場合か」

「自分でやればいいじゃん」

「妊婦に無茶言うんじゃない」

何を言ったところで、世界が自分を中心に回っている女に通用するわけはなかった。

——夢にしては現実をなぞりすぎだ。自分はおそらく今、夢とうつつの間で記憶を反芻してるんだろう。……こんなふうに理屈をこねていると、またあのひとに叱られるかな——


たとえようもない喪失感の中で、信也はそう思った。


目が覚めると信也は、畳に顔をつけて寝ていた。ひどく頭が重いのは睡眠薬のせいか。

ああ、生きてるんだと他人事のように思いながら体を起こす。

ちゃぶ台の上の鉢に目をやり、どきりとした。朝顔の蔓が根元で無残に折れている。あれほど勢いのよかった葉はすっかりしおれていた。そのそばにスケッチブックからちぎったらしい紙が一枚おいてあった。

「この鉢は『私』だったの」

レタリングのように大きさの揃った字で書かれた手紙と覚しき文章は、そんなふうに始まっていた。

「君の言葉に従えば、私は自分が死ぬことを意識下で望んでいたことになるのかな。でも、もういい。代償行為だったっけ？　この朝顔を折ったことで、自分を殺す代わりにするよ。あんなにしつこく『死んじゃいけない』って言われちゃあね。朝顔には不憫だったけれど。ちなみにこの間お父さんが来たのは、私と君が接近しているのに気づいて心配したから。自分に惚れてる女が息子と朝帰りしているのを見ちゃったらしくてね、そりゃ心配するさ。お行儀よく話をしただけで、君が妄想したようなことは何もなかったよ。お茶を出すときもうちょっとで一服盛ろうかって思った。思っただけで、できなかった。まだ花が咲いていないからって言い訳して。結局どこまで本気だったんだろうね、我ながら。

妻子もちに惚れるのが私らしくないとは思わない。君のお父さんを愛したこと、後悔はしていない。だけど、それを清算するために誰かを殺そうとしたのは、確かに私らしくなかった。君みたいな子供に言い負かされたようで、なんだか悔しいな。でももう二度と、こんな馬鹿な真似はしないよ。

お願いごとしていいかな。大家さんによろしく言っておいて。もう戻らないから、部屋にあるものは適当に処分してくれればいいって。それから、気が向いたら残りの朝顔の鉢を引きとってくれると嬉しい。夏が終わるまでの間だから。

本当にいろいろありがとう。特に炊き込みご飯。おいしかった。

素敵な大人になるのよ」

最後まで勝手なことを言って。おまけに人を子供扱いして。紙を裏返すと、それは先日見た、信也の姿をスケッチしたものだった。

信也はひとしきり泣いた。

6

橋の上にたたずんで、信也はとりとめもなく、紅美子の側にいられた三カ月のことを思い出す。

姉に言われてしぶしぶ様子を見に行った相手は、とうてい父に貢がせているようには見えない飾り気のない女性だった。オフィスに出入りする彼女、いつもまっすぐ前を見て足早に歩くその姿を向かいのマクドナルドから見ているうち、信也は自分のやっていることがひどく下劣に思えてきて、姉に「どう考えても邪推だ。俺はこの件から手を引く」と言い渡した。

ところがある日のジョギングの道々、見まちがうはずもないその小生意気な妖精めいた美貌をうちの近くの土手で発見したときは、驚いたなどというものではない。一体なぜこんなところにと疑問を抱いた。父と本当に何かあるのでは、と思わずにいられなかったが、姉には言わず、その後は橋の上からその姿を見守るのが日課になった。相手の意図と疑惑の真偽を見極めたかったのか、ただ眺めていれば満足だったのか、自分でもわからない。

そうしてある日、ふとした偶然から二人の道は近づき、交わり、そしてまた離れていった。絵が風にあおられて飛んだ瞬間から、それは決まっていたのだろう。そして今、絵は姿を変えて信也の手の中にある。

紅美子は自分で書いていたとおり、二度と松籟荘には現れなかった。驚いたことに、信也の予備校近くのオフィスまで引き払ってどこかに越していた。さすがに徹底している、と信也は落胆を通り越して感心した。父の会社の仕事をしているなら、そこから連絡先をたどれないわけはあるまい。しかしそれはやりたくなかった。誰より紅美子がそれを望まないだろう。

もちろん、父が貯金を使い果たしたのは紅美子に貢ぐためなどではなかった。例の作家に援助するためだったのだ。人に貸すといえば詳しい説明が必要になるのをわずらわしく思い、しばらくの間なら日ごろその貯金のことにはタッチしていない母は気づかないだろうと、黙って融通した——。作家が帰ったあと、父はそのように釈明した。そのせいで疑念を抱いたことを母も姉も言おうとしなかった。こういうときの空惚けぶりに関しては、男はとうてい女にかなわない。父は結局、家庭争議がすんでのところで回避されたことを知らないままのはずだ。あれ以来、母は父への疑いをすっかり解いたらしい。元通り明るく能天気に戻りつつあり、ついでに更年期障害も快方に向かっているようだ。姉も自分にあれほどの面倒を押しつけたことなど忘れたごとく、とうに婚家に戻ってしまったが、ちょいちょい朝美を抱いて顔を出しては夕食の総菜などせしめている。

姉が帰るのと入れ替わりに信也も松籟荘を引き払い、三鉢の朝顔とともにうちに帰った。それは今、信也の部屋のベランダで青い花を咲かせている。紅美子の部屋でこの鉢を見ているはずの父は、信也に幾度か何か言いかけて、結局何も言わなかった。そういうときの父は、いつもの偉そうな様子に似合わずひどく不景気な顔だったが、いまいましいことに自分の顔もそれとそっくりなのだろうと思う。こちらは女二人には知らせない、男二人が共有する秘密だった。

一つわからないのは——紅美子は父に一方的に惚れ込んだだけと言っていたが、それは本当だろうか？　父の不景気な顔を見て、その思いはいっそう強くなった。少なくとも「一輪深き淵のいろ」——蕪村の句の感想を分かち合うような心の交流はあったはずだ。それだけでは止まらなかったかもしれない。もしかすると二人の間に関係がなかったというのは、信也の気持ちを思った彼女の嘘ではないだろうか。父親への信頼を失わせたくないから？　それとも？

それはしかし、わからないままでいいことなのだろう。信也が抱いていた父への割り切れない怒りも自己嫌悪も、紅美子は鮮やかに蹴散らして彼の人生から退場した。その爽快なやり方が、きっと本来の彼女らしさなのだ。彼女がいつも、いつまでも彼女らしくいてくれるように。この先二度と、それを邪魔するヤツが現れないように。紅美子を傷つけた自分にそう祈る資格があるかどうかわからないが、それでも思い出すたび祈らずにいられないだろう。父も恐らくそうなのではあるまいか。

それにしても、あのほっそりした姿を見なくなってから川べりの景色がずいぶん味気ないのは残念だ、と信也は思う。自分の世界を完璧に美しくしていた何かが、永遠に失われてしまった——。

感傷が過ぎると言うものだろうか。紅美子が聞いたら嗤《わら》うに違いない。あのひとに嗤われたら腹が立つからな。信也はそう自分を励まして、持ってきたハンカチの包みを開いた。素敵な大人になれ、と書いた彼女は、信也がこうすることを望んでいるだろう。紅美子が姿を消して二カ月近く、ようやくその決心がついた。橋から思い切りよくばらまいたそれ——例の絵を燃やした灰は、風に乗って黒い蝶の群れのように一度大きく広がり、光る川面へとゆっくり舞い落ちていった。

十八の夏がもうすぐ終わる。

ささやかな奇跡

1

奇跡は起きる。

無論、命じるままに海が割れるといった驚天動地の奇跡が起きるなどとは思わない。八つになる一人息子を抱えた三十五歳の男やもめにそんな幻想を抱かせるほど、世紀末の日本は甘くない。

しかしどうやら、小さな行き違いを正す程度のささやかな奇跡なら起こり得るらしい。その程度のものなら奇跡とは呼べない、と笑われるかもしれないが——。


「おとうちゃん、べんじょのくすり、、、、、、、なくなりかけてたで」

廊下から玄関へ、遠ざかりながら太郎《たろう》の声が届いた。何もそんな露悪的な表現をしなくてもいいようなものだ。大阪ではわざとこういう言い方をするのが伝統なのだろうか。この間の休日にベランダで洗濯物を干していると、通りを隔てた神社で遊ぶ子供の姿が見えた。僕も子供時代に興じた覚えのある「だるまさんがころんだ」という遊びのようだったが、鬼の唱える言葉が違う。カン高い子供の声は聞き取りにくいが、おなじみの「だるまさんがころんだ」ではない。やがて聞き慣れた太郎の声が響いてきたとき、ようやく何を言っているかわかって、僕は両膝の力が抜けた。なんとまあ「ぼんさんがへをこいた」だった。

「トイレの芳香剤だな。わかった。買っておくよ」

今日は仕事が休みの僕は、洗濯機に洗い物をほうり込む手を止めてそう叫び返した。

妻を亡くしてまだ数カ月だったころ、トイレの異臭に悩まされたことがある。掃除が行き届かなかった上に、芳香剤が切れているのに気づかなかったのだ。きれい好きだった妻が生きている間はその存在を意識することさえなかった物だ。

ある晩職場の送迎会で酔って帰り、長い小便をしていたとき、どういう拍子か狭い小部屋の隅でほこりだらけになった円筒が目についた。なんだこりゃあ、とチャックを上げてから目を近づけてみた。トイレにいい香りのなんとやら、といかにも爽やかそうなカタカナの名前が読み取れたが、鼻をつけてももはや何の匂いもしない。おおぅこのせいだったか、と一人ごちた僕は、酔った勢いでそのまま玄関に出てサンダルをつっかけたのだった。まったく、夜中の十二時に芳香剤一個を買いにコンビニへなど行くものではない。夜風に当たって酔いが覚めてくるにつれ、代わりのように身にしみ込んでくるわびしさ情けなさといったらたとえようもなかった。

息子が調子外れの「六甲おろし」を歌いながら玄関のドアを開ける音がした。今日出かける野球観戦が楽しみでじっとしていられないらしい。

「おばあちゃん、おはよう」

玄関前の通路スペースから外を見下ろして叫ぶ声が、開け放したドアから聞こえてきた。返事は聞こえなかったが、やや間があって太郎がこちらに呼びかける。

「お父ちゃん、有坂《ありさか》のおばあちゃんが、昨日こさえたドーナツあるからあげるって。もろうてくるわ」

「ちょっと待て——」

あいさつに出なければなるまいと、慌てて洗濯機のスイッチを入れた。あとは手間いらずの全自動洗濯機はありがたい。生前の妻は「材質や汚れ具合に合わせた洗い方ができないから嫌」と使わなかったが、五年のやもめ暮らしで慣れたとはいえ、一人で家事と仕事の両方をこなさなければならない僕のような立場の者には福音《ふくいん》といっていい。

ドアを開けたとたん湿った毛布に包み込まれるようだった大阪の暑さも、九月も終わりになってそれなりにしのぎやすくなった。太郎は先にアパートの外に面した階段を駆け降りて行く。この夏にぐんと身長が伸びたようだ。その後を追って下に降りると、門の脇で大家の有坂さんが、膝に手をついて立ち上がったところだった。そこに植わった梅の木の根方で草をむしっていたらしい。何度目かの昔話のとき聞いたところによれば、三十五年前神戸からこのうちに嫁いできたとき植えた、思い出の木だという。

「水島《みずしま》さん、太郎ちゃん、おはようさん」

妻の実家の紹介で今年の春に移り住んだこのアパートは、もともとこの老婦人の家を取り壊して建てられたもので、将来の相続税対策などもあったらしい。大家さん——という呼称がぴったりあう人物だから、そう呼ぶが——の人柄に似つかわしい上品な茶色の壁をした小さな二階建てアパートを、僕は気に入っていた。大家さんもここの一階の部屋で暮らしている。今年の初めに亡くした僕の母と同年輩だ。夫には先立たれているが、娘は近所に一家を構えていて折々様子を見にくる、本人もいたって健康とくればまずは平穏な老後というべきだろう。アパート管理の仕事以外には、庭で土いじりをするか台所で菓子をこしらえるという日常だった。ふくよかで丸顔、きれいな白髪頭の彼女は外国の童話に出てくる親切な魔女を連想させ、ときおり長い昔話モードに入ってしまう以外は理想的な大家である。息子もいつも手作りの菓子をくれるこの老婦人にすっかりなついている。

「二人とも、うちでお茶でもどお？」

「いつもありがとうございます。ただ今日は」

恐縮する僕を遮って太郎が声を弾ませた。

「ごめんな。今日はこれから出かけるねん。阪神中日のデーゲーム見に。甲子園やで。首位コウボウのテンノウザンやで」

スポーツニュースで聞きかじったことを告げている。ちょうど野球に興味が芽生えるころ大阪に来たからか、太郎は熱狂的なタイガースファンである。僕がリーグの違う日本ハムファイターズのファンであるため、一つ家で共存が可能なのは幸いだ。

「まあええこと。お父ちゃんと行くのんか」

「そらそうや。僕が行ったらな、お父ちゃんら寂しいやろ」

近ごろはめっきり生意気な口のきき方をするようになった。関西弁だからことさらそう聞こえると思うのは、関東の人間の偏見だろうか。七年ほどの妻との生活で関西弁は耳に慣れていそうなものだが、大学も職場も東京だった妻の言葉は標準語風に中和されていたのである。

半年の大阪暮らしは子供の順応力には十分な長さだったのか、それとも血のなせるわざか、息子は今やネイティブなみのいわゆる「コテコテの大阪弁」を操るようになっていた。大阪弁がいけないとは言わないが、せめて乱暴な言葉遣いはやめなさいと注意したこともある。しかし、「上品ぶってるってハミゴにされるのがおちや。僕にいじめられっ子になってほしいんか？」と鼻であしらわれた。どうも理屈まで達者になったようだ。これほど早く大人びてくるのがわかっていれば、子育てに義父母の力を借りるため、勤務先に転勤を願い出てまで大阪に移りはしなかったかもしれない。どうにか二人でやっていけただろう。しかしそれなら彼女と会うこともなかった。

「そんなら帰ってからおやつに食べられるように包んだげるわ。おいで」

大家さんはおっとりと太郎を促した。

「いつも本当にありがとうございます」

僕は頭を下げながら、大家さんが〝お父ちゃんら〟という言葉に注意を向ける様子がなかったことにほっとしていた。説明するわずらわしさを少しでも先に延ばしたい気持ちが働いていた。

しかし、大家さんの部屋へと消えた二人を見送りながら、ちらりと後悔がきざした。大家さんにならはるかに話しやすいのだから、義母への説明の予行演習をしておけばよかった。

2

初めて会ったとき、彼女はカウンターの向こうにいた。

越してきてから十日ほどたち、荷物の片付けも一段落した頃だった。その日は勤務先の書店の休日にあたり、午前中に家事を片付けた僕は、午後から買い物がてらそのあたりを一回りしてみようと決めた。まだ慣れないこの町の様子を肌で感じてみたくなったのだ。しがない中年男でも心が浮き立たずにはいられない、桜の季節に誘われたのだろう。

大阪の中心地から私鉄で何駅か北上した町である。駅前はそれでも百貨店を芯に商店街が開けていたが、一本通りを入っただけで意外に閑静な住宅地に行き当たったりする。

足の向くまま道をたどっているとき、その店の前に出た。不意に、という言葉が似つかわしい。それは小さな書店だった。さほど大きいとは言えない僕の勤務先よりもさらにこぢんまりとしている。ウィンドーには「さくら書店」とマホガニーの色の文字で書かれていた。たどってきた道を頭に描くと、ちょうど駅前の目抜き通りとは背中合わせの位置になる。距離はさほどでもないが、喧噪は伝わって来なかった。

自慢ではないが物心ついてからこっち、書店を目撃して中に入らなかったことなどない。就職してからは勤務先での参考にするという大義名分もあるのだからなおさらだ。扉を押すと、まず目に入ったのは右手にあるカウンターの上の、一輪挿しにさされた深い青の花で、次に見えたのはカウンターの奥、花とおそろいのブルーのエプロンだった。あいさつともつかぬ中途半端な会釈をした僕は、そのまま店の中に歩みいった。

棚を見ればその書店がどういう店であるかが、それをなりわいにしている者の目には一目でわかる。アリス・ミラーの『魂の殺人』をミステリーの棚に並べた投げやりな書店があると思えば、有栖川有栖の本を女流作家の棚に並べた不勉強な書店もかつて見かけた。どちらも「アリス」がらみなのは偶然である。さくら書店はどの棚もこまやかな神経の行き届いた並べ方をしてあった。平台のそこここに、きれいな手書き文字で本の紹介を記したポップが立っている。どれもそれぞれの本の魅力を要領よく説明したものだった。

その一つに目が止まった。僕も最近読んでいたく感心した本の横に立ててあるそのポップには、「この本を買おうかどうか迷っておられる方に。どうぞ105ページを立ち読みしてください」と書かれていた。本屋で「立ち読みしてください」とは意表をついた宣伝方法だ。取り上げてページをめくり、手を打ちたくなった。そこは、僕もこの本を薦めるならここにするだろう、と思える箇所だった。同じような感性でこの本を受け取ったポップの書き手に、僕は興味を感じた。

十分も店内をぶらついただろうか、文庫本の棚で、買いそびれたまま回転の早い書店ではもう見かけなくなった本を見つけたときは、思わぬ拾いものをした気分だった。僕はその文庫本をもってレジに向かった。

ブルーのエプロンの主は、三十歳前後に見える色白で小柄な女性だった。目元に寂しげな影があったが、「ありがとうございます」と釣りを渡してくれたときのほほ笑みは、いかにも暖かいものを感じさせた。

店を出るとすぐ脇に、腰の高さほどの小さな白い門があるのに気づいた。そこからマンションらしき隣の建物との間に道が細く伸びている。どうやらこの店の裏手がそのまま住まいになっていて、この小道はそちらに続くらしかった。小道の向こうはちょうどその先に立つ、盛りの桜の陰になってよく見えない。

桜の花陰に住むのはどんな家族なのだろう。あのブルーのエプロンの女性はその一員なのか、それとも従業員なのか。あのポップアップのことを聞いてみてもよかったが、もう少しおなじみになってからでいい。書店ならばこれからものぞかずにはいられないはずだ。帰る道々そんなことを考えながら、僕は必ずしも大喜びでやって来たとはいえないこの町に、ようやくなじめそうなものを感じていた。


次に会ったときも二人の間にはカウンターがあった。ただし内外が逆だった。数日後のことだ。

やや客がたてこんでいる時間で、アルバイトの麗美《れみ》が一緒にレジのカウンターの中にいた。この春高校を卒業したばかりでうちに入ったこの娘は、バイト初日、まだ彼岸《ひがん》前の肌寒さだというのに俗に言う「へそ出しルック」とやらで現れた。しかも腹の見える短い上着の色は蛍光ピンクなのだ。主任を務める僕も着任早々だったので、採用を決めたのは前任者である。採用面接のときはもう少しおとなしい服装だったか、それとも前任者も木の芽どきで頭のたがゆるんでいたのか、どちらかだろう。

「その服はやめなさい」

開店前にそう言い聞かせると、

「えー、なんでですかあ。みんな着てますよお」

麗美は口をとがらせた。

「プライベートで着るなら君の自由だ。しかし職場にふさわしい服装ってものがある」

「あったまふるい。生活指導のセンコーみたいやん」

「古い新しいの問題じゃない。いつの時代でもそんな服は」

苦々しい思いで上着の切れたあたりに目をやると、何を勘違いしたか麗美は嬌声をあげ、わざとらしくへそのあたりを両手で押さえた。

「いやあ、その視線、おやじー。主任さん、欲求不満？　奥さんに優しくしてもらってないんと違うぅ？」

「やかましいっ」

めったに出したことのない怒鳴り声になった。社会人としてその態度が許せなかったので、妻のことに触れられたからではない――と思いたい。麗美は頬を膨らませたが、

「今すぐ帰って着替えてこい。それが嫌ならもう来るな」

僕はそう言い捨てて奥の倉庫に引っ込んだ。やめるならやめろ、これ以上構っていられるかという気持ちだった。彼女は予想を裏切り、始業から一時間ばかり遅れてではあったが、白いTシャツにジーンズという先ほどと比べれば平穏きわまりない服装で現れた。本当に家に帰って着替えてきたらしい。先輩店員から業務用のエプロンをもらって、おとなしく仕事にかかった。

さらに予想外だったのは昼休みに入るときだ。僕が気まずさをこらえ、店の奥で本の配列を直していた麗美に昼食をとっていいと声をかけようとすると、麗美はいきなり僕の腕をつかんで倉庫に続く扉の陰に引っ張り込んだ。

とってくわれると思ったわけでもないが、思わずファイティングポーズになった僕に、麗美は泣きそうな顔で最敬礼した。茶色に染めた髪がばさりと垂れて、また跳ね上がった。

「ごめんね。あたし、主任の奥さんのこと、知らへんかったから」

「ああ、いや」

間抜けな応答をしてしまった。どうやら店の誰かが教えたらしかった。

こうして麗美はアルバイトとしてこの店に居着くことになった。言葉遣いも態度もなっていないが、このまれに見る率直さと傷つけた相手の気持ちへの想像力があれば、仲間としてやっていけるだろうと僕は判断した。その後の彼女が日々新たな失敗を発明するのを見るにつけ、あの判断は誤りだったかと思わないでもないが。またどういうわけか、あれほど怒鳴った僕に彼女は妙に懐いたようだ。あれこれと注意をしても、ちっとはめげろと思うくらいへらへらと聞いている。

「なんか主任ってぇ、マスオさんみたいで、うちの理想の父親やわあ」

などと言っていたことがある。マンガの『サザエさん』に出てくるマスオのことらしいが、その場にいたスタッフみんなが吹き出して「そうやそうや」と同意したのには往生した。

話が逸れたが、そういう麗美と組んでレジの仕事をこなしていたのだから、僕の負担は当然いつもより重かったのだ。そうでなければもっと早く気づいたはずだった。

財布を軽くしようとしたのか、前のお客がじゃらじゃらと置いていった小銭を、カウンターの縁に手のひらで集めてカートンに受けたときだった。視線の先に、テントの前でポーズをとる男性が表紙に大きく写った、季刊のアウトドア情報誌が差し出された。小銭を

手早くレジの中に分け入れてから、

「八百五十円です」

右手でキーをたたき、左手は同時にカウンターの下を探って紙袋を取り出そうとする。

すると、

「袋はけっこうですよ」

「ああ、ありがとうございます——」

顔を上げると、そこに暖かい笑顔があった。向こうもどうも見覚えがあると思ったようで、心持ち垂れ気味な優しい目がほんの少し大きくなった。そうすると目元の寂しい影があまり気にならなくなる。唇がなにか言いたげに動いたが、結局声にはならないまま、彼女は小さな会釈を残してカウンターから離れた。後ろにはさらに四人が並んで待っていた。

店を出て行く彼女の背中をやや物足りない気分の横目で見送りながら、お客が重ねて出した本を立て、スリップを引き抜いていく。こういうとき相方が素早くレジを打ってくれると楽だが、麗美は脇で年配の男性客に応対していた。

「すんません。孫にせがまれてお宅でこの恐竜図鑑を買《こ》うたんですけどな、やっぱりこれやったら嫌や、言いますんや」

「えー、なんでですかあ」

「恐竜の絵しか載ってませんやんか。本物の恐竜の写真つきがええて言いますねん」

「いやっ、ほんまですねえ。イラストしかないわぁ。写真つきの探してみましょか。主任、ちょっと主任」

確かにお客様のご要望にはできるだけ応えろと言った。だが、恐竜が写真に写っているくらいなら、始祖鳥は飛びながらホームビデオを回していたことだろう。

次の休みはその二日後だった。洗濯をすませた僕は買い物に出掛けた。近所できれいな花が盛りだと聞けば、散歩のとき多少遠回りでもそれを見られるコースをたどる人は多いだろう。さくら書店の前を通る道を選んだのはその程度の気持ちだった。彼女がレジにいなかったとしても、そのときの僕が、盛りのはずの花が散っていたとき以上にがっかりした気持ちを自分に認めたとは思わない。

さくら書店の路地の奥に見える桜は散りかけていたが、彼女はレジにいた。だが僕が店に足を踏み入れたとき、まず目に入ったのはカウンターのこちら側の小さな黒っぽい後ろ姿だった。このところの暖かさにもかかわらずショールを巻いた、年配の女性だ。大家さんや僕の母より十《とお》は上ではないだろうか。カウンターの向こうの彼女は今日は明るいレモン色のエプロンをかけ、あの笑顔で老女に本を差し出していた。それを見て僕はちょっと首を傾げた。

テントの前でポーズをとる男性の表紙は、先日彼女がうちの書店で買って行った雑誌のものに違いなかった。

「昨日届きました。ご注文の本、これで間違いないと思うんですけど」

彼女は老女のほうに身をかがめ、心持ち張り上げた声でゆっくりと話している。

「はあはあ、どうもおかげさんで」

老女は雑誌をもっていた黒い手提げ袋に入れた。Ａ４判の雑誌はその袋にはやや大きいようで、片仮名で書かれた雑誌名がそっくりのぞいていた。

老女がかすかに片足を引きずりながら出ていくのを見送って、彼女はようやくこちらを向いた。先日のように軽く目を見開いたかと思うと、

「いやあ……」

関西の女性がはにかむときによく使う言葉が飛び出した。色白の頬にさっと紅色がさした。

「ごめんなさい。かんにんね」

柔らかい関西弁だった。

「あのお客さんの取り寄せ注文だったんですね？」

「そうなんです。うちでいつもは扱ってない雑誌やったから」

書店員がよその書店で本を買ってそれを客に売る——一見奇妙に見えるが、何ということはない。本を商《あきな》う者ならばいきさつはすぐ見当がつくはずだ。

書店ならばどんな本でもすぐ入手できるだろうというのは、よくある誤解だ。たとえば売上実績が良くない店には、入れたいと思った本でも出版社の方から回って来ないことがある。お前のところは品揃えが悪いというお叱りをときにお得意から受けるが、書店の品揃えには我々の希望以外に出版社の思惑もあることを知ってもらいたいもので……いや、これは愚痴だ。あちらも商売なのだから、売れ行きの悪い書店でせっかくの本を棚晒《たなざら》しにするのが忍びないことは理解できる。とにかく、書店員でも欲しい本がすぐ手に入るとは限らないということである。

雑誌になるとさらに困難が増す。雑誌はその性質上、いっせいに全国の書店に出荷してしまうから、発売後に注文してもそもそも版元にないという事態が起こる。しばらくして——月刊誌なら翌月になって——書店からまた、売れ残りがいっせいに戻って来る。後発の注文があればそのときようやく回してもらえるのだ。

「僕の勤務先でも、たまたま雑誌のこの号だけが欲しいという注文を受けることがありますが、そのときは、入荷はずいぶん先になります、と念を押すようにしています。お急ぎなら普段からその雑誌をおいている書店を当たられたほうがいいと」

「ええ、うちもいつもはそうしています。でもご覧になったとおり、あのおばあさん足がお悪いですから、遠くの書店まで行くのは辛いやろうと思って」

しっとりと落ち着いた声に戻って、彼女は伏し目がちに話した。今日はカウンターにドーナツのようなガラスの一輪挿しがのっていて、そこに僕にもわかる数少ない花の一つ、短く切ったたんぽぽが挿してあった。エプロンに合った色だ。

「それでご自分が、あの雑誌を置いているよその書店に行って買ってこられたわけですね。気をつかわせないように、注文が届いたふりをしてそれを渡した。ずいぶん親切だ」

「そんなんと違います。小さな本屋やからできるささやかなサービスにすぎません」

心からほめたのだが、彼女はからかわれたと思ったのか、むきになったように顔を上げた。

「それに今回のあの雑誌には、あのおばあさんのお孫さんの写真が載ってるらしいんです。植樹ボランティアで外国に行ってもう一年も会ってないお孫さんが、あの雑誌の記事に紹介されたから見てくれと国際電話で知らせてきはったんですって。大きなひらがなで書名を一生懸命書いたらしいメモ、持ってきはったんですもの。ちょっとでも早く見せたげたいやないですか」

そしてここで我に返ったようだ。再び目を伏せると、目元の寂しい影が戻ってきた。

「そんなわけやから……ごめんなさい」

むろん謝られるような筋合いではないが、同じプロとして、自分の専門分野で人に頼ったのが申し訳ない気持ちなのだろうとわかった。それが不思議に快かった。

彼女の目元の影を払いたくて、僕は言ってみた。

「家族ってありがたいものですね」

「そうですね」

しかし僕のつもりとは逆に寂しげな影は濃くなり、その話題から遠ざかるように彼女は続けた。

「それにしても、お仲間大勢と写らはったかなり小さな写真やったから心配です。お孫さんの顔がわかるかどうか」

「大丈夫ですよ。きっと」

芸のない話だが、僕はそう断言した。力の入れ方がおかしかったのか、彼女はくすりと笑って影にしばしの別れを告げた。

結局その日も僕はこの店で文庫本を数冊買った。僕の職業を知った彼女はしきりに恐縮しながら紙袋に入れてくれた。彼女と同じように僕もいつもは紙袋を断るのだが、これから夕食の買い物に回ることを考えれば袋入りが便利なので、今回はありがたくサービスを受けることにした。ピンクの花びらをちらほらと散らしたデザインの袋に「さくら書店」と店の名が書かれている。

「さくら、というのは」

「うちの名字です。ほんまは佐倉宗五郎《さくらそうごろう》の名字と同じ字ですけど、花の桜にかけてるんです」

彼女は袋に散った花びらの一つを左手で押さえてそう言った。きちんと切った爪もほのかな桜色に染めてあった。どの指にも指輪は見当たらない。

「そうですか。……僕は水島高志《たかし》。高い志、と書きます」

「私は佐倉明日香《あすか》。あした香る、です」

きれいな名前だと思った。

「さくらさんとおっしゃるのなら、こちらのお店の」

奥さんというかお嬢さんというかに迷った間を、彼女は慣れているのか素早く埋めた。

「ええ。父のあとを継いで、店長も従業員も兼ねて大車輪」

「それでは、あのポップアップはあなたのアイデアですね？　１０５ページを立ち読みしてくださいという、あれも？」

「そうですけど」

驚いたように目を瞬くが、僕はこれほど早く答えが見つかったことに満足だった。

「よかった。あれは本当にいいですね。あの本を薦めるなら、僕だって１０５ページを読んでくださいと言いますよ」

「ありがとう。ポップってなかなか意識してもらえへんもんやから、そんなふうにほめていただいたんは初めてです」

彼女はつぼみがほころぶように笑った。

スーパーの袋を提げて帰るのがきまり悪かったのは昔の話だ。今やお買い得品に目を配ることまで覚えた。見切り大特価だった豚肉とブロッコリーとホウレン草でどういう夕食にしようかと考えながら、門扉に手をかけた。

「おかえり」

後ろから声がかかって振り向くと、ご近所でもらったのか、黄色い果実をいくつか腕に抱えた大家さんが戻って来たのだった。

「おかえりなさい」

妙なやりとりになった。門を大きく押し開けて促すと、大家さんはまあどうも、と言いながら先に通った。

「おすそ分けに二つほど取ってえ。お向かいでいただいた、旬《しゅん》のハッサクやで」

そう言って果物を抱いた両腕を揺すり上げる。僕は礼を言って遠慮なくいただくことにした。

「おや、さくら書店に行かはったんやね」

ハッサクを取るとき、本の袋を小わきに抱え直したのを目ざとく見つけたようだ。

「ええ」

「しばらくかけちがって顔を見てへんけど、明日香ちゃん元気やろか」

「お元気ですよ。よくご存じなんですか？」

「そらねえ、うちの娘の参考書、もっぱらあそこで買うてたもん。そういうたら娘が中学入学の年に明日香ちゃん生まれはったんやった。娘が中学高校とすすむうちに明日香ちゃんもよちよち歩くようになって、おしゃべりするようになって、お店の本読むようになって……早いもんやねえ」

大家さんが昔話態勢に入ったらいつもなら何か用事を見つけるのだが、今日は礼儀正しく耳を傾けた。大家さんの娘は確か四十二歳になるという話だったから、明日香は最初に見たとおり三十に手が届くところか。美人といえば歳より若く見えるものと思っていたので、明日香が年齢相応に見えていたことに僕は新鮮なものを感じた。

「一人でお店を切り回しておられるなんて、しっかりした人なんですね」

僕はなるべく当たり障りのない表現で、もう少し会話を続けようとした。そのとき、

「あらあ、高志さん、おかえりぃ。奥さんこんにちはぁ」

頭上からやや早口の声が降ってきた。通路の手すりから身を乗り出して藤村美佐江《ふじむらみさえ》――義母がのぞいていたのだった。このアパートから自転車で五分ばかりのところに住んでいる。ここを紹介してくれたのは彼女だから旧知の間柄の大家さんが、「まあまあ、いらっしゃい」と応じた。手すりにかかっているのは見覚えのある、うちのこたつかけだった。

「お義母《かあ》さん、いらしてたんですか」

見上げる拍子に本の袋が落ちた。

拾おうと身をかがめた僕の背中にそんな言葉が降ってきた。

「そうや。部屋の掃除してるさかいな」

身を起こすとすでに義母はこたつかけと共に引っ込んでいた。風にあてていたのをちょうど取り込みに出たのだろう。

僕は慌てて大家さんに会釈して階段を上りかかった。

「明日香ちゃんはなあ、いつも庭一杯、きれいな花を咲かせてる子ぉや」

歌うような、あるいは呪文を唱えるような声に、僕は振り向いた。大家さんはにこにこしながら、おかしなことを言った。

「あんた、しっかり肚《はら》くくらなあかんで」


大きく開いた玄関からモーターの音が聞こえた。義母が茶の間で掃除機を使っているのだった。

「お義母さん、すみません」

「はあ？」

聞こえなかったらしく、掃除機が止まった。

「いつもすみません」

ええねんて、というような言葉と一緒にまたモーターがうなり始めた。

冷蔵庫を開けて買って来たものを入れていると、また中断して、

「そうそう、今日は太郎ちゃんと一緒にうちに食べにおいでぇな。太郎ちゃんの好きなカレーをたっぷり煮込んださかい」

「はい、ありがとうございます」

僕は豚肉をフリーザーに移し替えることにした。見切り品だから用心に越したことはない。その作業の間にまたも掃除機が止まって、

「暖かくなって来たのにまだこたつしてんのん？　もう片したほうがええんとちゃう？」

「そうですね。そうします」

越してきたころの花冷えに負けて支度したまま、しまうきっかけを失っていただけだから、別に反対はしなかった。

義母はごくあけっぴろげで世話好きな女性だ。僕の勤務先のシフトが遅番のとき太郎を預かってくれるだけではない。しばしば僕たちを食事によんでくれたり総菜を持ってきてくれたり、今日のように掃除をしてくれていたりもする。鍵を預けてあるので留守でも上がって来られるのだ。その強引なペースには面食らうこともあるが、善意からだとわかっているので口に出したことはない。僕が息子を連れて大阪に越してきたのも、ひとえに妻の両親が近くにいるからだった。

妻が急に倒れてあっと言う間に世を去ったとき、太郎はまだ三歳だった。その後曲がりなりにもどうにかやってこられたのは僕の実家と姉夫婦の応援があったからだ。息子と僕の世話をするため、母はしばしば何日もうちに泊まり込んだ。元からあまり丈夫なたちで

はなかった母の体調が思わしくないときは、電車で二駅ばかりのところに住む姉が太郎を預かってくれた。

今年のはじめに母が一カ月ばかりの短い患いで世を去ったのは、僕たちが心配と面倒をかけ通したからではないかという思いを、僕はいまだ完全には振り払えずにいる。しかし通夜《つや》の晩をのぞいてそれを口に出したことはない。弔問客もあらかた去った席で、何の話の流れだったか僕はふと、

「親孝行するどころか、最後まで面倒ばかりかけちまったな」

と言った。

「ほんま、仏になったんかと思うとったら、啓子《けいこ》は鬼嫁ですなあ。早死にしたせいでお姑さんに散々苦労をかけよったんですから」

あぐらをかいて壁に寄りかかり、眠っているようだった人物が口を開いた。ははっと乾いた笑いを付け加える。関西の人間らしく冗談にくるんだその言い方は、大阪から駆けつけてくれた亡き妻の父親だった。いつもきまじめに端然としている義父だが、そのときは酒が回っているのか前かがみになり、甲にしみの浮いた片手であごを支えて続けた。

「でもね、気にしはることたぁない。親は子に孝行してもらいたいなんて思うてしませんよ。生きていてさえくれりゃあ」

久しぶりに会う義父は少し痩せたようだった。僕は不用意な言葉を悔いた。

翌日葬儀に参列してくれた義母と連れ立って大阪に帰るとき、義父は「落ち着いたら大阪にもいらしてください。孫の守りは楽しいもんです。きっとこちらのお母さんも楽しんではったと思いますよ」と言った。気づかいが身に沁みるとともに、父子家庭の忙しさにかまけてずいぶん太郎の顔を見せに行っていないことを思い出し、気がとがめた。

落ち着いたらどころか、葬儀の翌日から僕は今後の方針を考えなければならなかった。これからは家事や息子の世話で母に甘えることはできない。姉も三人の子持ちであり、たまのことならともかく、始終甥を預かることは無理だった。

それでも義父のあの言葉がなければ、故郷を離れ、これまで妻を通じてしか縁のなかった大阪の地に移ろうとは思いつかなかったはずだ。しかし一度思いついてみると、ほかの手段はもう考えられなくなった。母が倒れてからこっち、勤務先に無理を言ったり短期のホームヘルパーを頼んだりしながらようやく切り抜けた一カ月の修羅場のあとで、僕も疲れていたのだろう。

何と言っても義父母はまだ元気である。会計事務所を退職した後の義父は、引き続き顧問としてその事務所に顔を出す比較的気楽な身分だった。妻には一人妹がいるが、これが仕事に夢中で嫁ぐ気配も見せないと義母が愚痴っていたので、そちらに手をとられることもない。現在のところ唯一の孫、亡き娘の忘れ形見をときおり預かってもらうくらいなら頼んでもいいのではないだろうか。世話をかけるのは心苦しいが、あまり長いことではない、あと数年で太郎も守りなど必要のない歳になる。僕もずいぶん家事に慣れたからじきに二人でやっていけるようになるだろう。それまでに状況が変われればまたそのとき考えるのだ。最後は投げやりになったあたり、やはり追い詰められた心境だったようだ。

その提案を義父母は、少なくとも電話の声を聞いた限りでは歓迎してくれた。最大のネックになるはずだった僕の職場だが、転勤願は驚くほどすんなりと受理された。勤務先は全国に支店をもつ書店だが、これも巡り合わせというものか大阪方面の店で主任のポストが空くことになり、後任が必要になっていたのだ。年齢や経験からいっても僕にちょうどいいポストだった。出たとこ勝負の賭けは意外に勝ちの目が出る。

そうは言っても、連れ合いを亡くして急に老け込んだ父のことを姉に頼み、太郎の手を引いて東京をたつときは、おおげさではなく子連れ狼になった気分だった。

幸いこれまでのところ、こちらでの暮らしの滑り出しはまず順調と言えた。いろいろと戸惑うことも多いが、義父母は何かにつけ手を貸してくれる。親切な大家さん、また僕の家庭の事情を考慮して勤務シフトに便宜をはかってくれる店長以下職場の仲間と、周囲の環境にも恵まれた。さくら書店のようないい店もあることだ。

「さっきさくら書店さんのこと話してたん？」

分解したこたつを僕が押し入れに片付ける間に、義母はさっさと食卓を出し、お茶の用意まで整えてしまった。手際のよさは妻に受け継がれていたとおりだ。急須からお茶を注ぎながら急にそんなことを聞いてきた。

「ええ、仕事柄本屋にはチェックを入れるようにしていますから」

「そらそうやわねえ」

自分ではどこか言い訳じみた調子に聞こえたが、義母は特に不審がる様子は見せなかった。湯飲みを両手で囲い、秘密めかして声を小さくする。

「実はね、あそこんちの娘さん、前に父《てて》無し子を産んでるねんで」

妻の背がすらりと高かったのはこれも母譲りだったらしく、義母も背が高い。妻は常々「背はお母さんに似てしまったから、老後はせめて太らないように気をつけておかないと、あなたは痩せっぽちだから介護してもらうときに大変だわ」と冗談を言っていた。「僕のほうが介護してもらうかもしれないじゃないか」と言い返していたが、結局妻はどちらの立場になることもなかった。もう一つ、妻が「お母さんには絶対似たくない」と言っていたこと、それは義母の鉄棒《かなぼう》曳《ひ》きなところだった。そう聞くたび、まさかそれほどのこともないだろう、と笑っていたのだが、近くに住むようになってわかった。なるほどこれは受け継ぎたくない気質に違いない。義母はご近所の情報、それもどちらかといえば誰もが触れられたくないと思うような話題に精通している。それだけならまだしも、それを知らない人に教えたいという厄介な親切さを持ち合わせていた。

「家同士直接の付き合いはないからじかに聞いたことはないけど、あの娘《こ》、いっぺんも嫁に行ったことはないし、もちろん婿がいてたこともないんよ。せやのにいつの間にかおなかが膨れてきてね。それでもへーきな顔してこの町で暮らしてたわ。うちらやったら、恥ずかしぃてよそに逃げ出すことしか考えへんやろけどな。あの娘の両親が先に亡くなって幸いやったと思うで。娘のそんなふしだらな姿を見てたら、親やったらいたたまれんかったやろ。幸か不幸か死産やったけど、そんな娘やからその後嫁ぎ先もなくて……」

僕がそのよく動く唇をただ眺めていたとき、明るい声がした。

「ただいまあ。あ、おばあちゃん。来てたんか」

「あら、太郎ちゃん、おかえり」

背中からランドセルを下ろしながら入ってきた孫を見て、義母は目尻を下げて話をやめた。子供には聞かせられないと思ったらしかった。

「太郎ちゃん、今日は典子《のりこ》姉ちゃんも来てるし、うちへ来て夕飯食べるか。カレーやで。

ふぁみこんの新作もあるで」

「やったあ」

太郎は運動会で勝ったときのような万歳をした。うちにもプレイステーションはあるが、藤村のうちならば僕に「三十分以内だぞ」と口うるさく言われることなく遊べるのが楽しみなのだろう。義父母は太郎が大阪に来るからというのでゲーム機本体を買い込み、その後も慣れないファミコンショップでソフトに目を配ってくれている。本当にありがたいと思っている。しかし「そんなら一足先に帰って支度してるからな」と腰を上げた義母が部屋の隅にたたんで置いてあったこたつかけを見やり、

「帰りにクリーニングに出しといたげよか」

と言ったとき、僕は「いえ」と答えた。口から出たとたん自分で驚いたほど無愛想な声だった。義母が驚く暇を与えないよう、僕は慌てて接客用の声に切り替えた。

「大丈夫、ちょうどついでがありますから、明日まとめて持っていきますよ」

「そうか。ほな」

幸い義母は気づかなかったようで、機嫌よく帰っていった。

義父母の住むマンションはアパートから駅を挟んで点対称あたりに位置する。夕方六時、

太郎を連れてその前まで来たとき、義妹の典子がエントランスから靴の踵を鳴らすような勢いで歩み出てきた。ショルダーバッグを肩にかけ、眉を寄せている。

「あれ、典子ねえちゃん、帰るんか」

「ああ、太郎ちゃんに義兄《にい》さん」

典子は眉を開くと、結んだ唇の端をきゅっと上げるいつもの笑い方をした。

「ん、今日は帰るわ」

「ちぇ。プレステのコーチしたろと思うてたのに」

祖父母はもちろん僕も子供の反射神経にはとてもついて行けないので、対戦ゲームをやってもつまらないらしい。啓子の妹である典子はさすがに歳が若いからかカンがいいのか、太郎にとっては「ゲームを楽しんでしかも勝てる」という理想的なカモなのだ。

「また今度な。うちかてそうそう負けへんで」

「なまいきやなあ」

「どっちが。……それでな、悪いけどちょっとお父さん借りてええやろか。なるべくすぐ返すつもりやけど、いてはらへんかったら寂しい？」

「全然寂しいことなんかあらへんけど（ここで僕は、親なんてつまらないものだとひそかに嘆息した）、おばあちゃんらには言うてあるの」

「ううん、今思いついたことやから。そやな、お姉ちゃんが、恋人へのプレゼント見立てるのに意見聞く言うてたって、そう伝えといて」

「ウソやな」

「ふんだ。そんなら頼んだで」

僕の意見は抜きで話がまとまった。太郎がエレベーターに乗るのを見届けると、典子は僕を促して歩き出した。


駅前まで戻ると典子は先にたってハンバーガーショップに入った。

「むしゃくしゃしてるとき、ハンバーガーにかじりついたらすっきりするねん」

そんなことを言いながらチーズバーガーとシェイクをトレイに載せて席についた。この後カレーライスを食べる予定の僕はコーヒーだけにした。

「それで、恋人へのプレゼントっていうのは」

「そんくらい言うといたら、お母ちゃんかてびっくりしてがたがた言わんやろ」

そううそぶいてシェイクを猛然と吸い上げる。かつて啓子とのデートで飲んだことがあるが、あれはひどく力の必要な飲み物だ。

同じ沿線の駅近くで一人暮らしをしながらミニコミ紙の編集という仕事でいつも飛び回

っている典子は、今年三十歳になるが結婚にはまったく興味のない様子だった。甥である太郎に「お姉ちゃん」と呼ぶことを強要したつわものだが、つややかな頬がどうかするといまだに少女のような印象を与えるので、それほど不自然な呼び方でもない。

「お義母さんと何かあったのかい」

「何かやあらへん。お母ちゃん、明日香のことで義兄さんに変なこというたやろ」

「変なことといってもね」

僕は口ごもった。義母の話は愉快なものではなかった。しかしその内容をどう判断していいのかは、僕にはわからない。いや、それを聞いた自分の気持ちをどう判断していいかがわからないのかもしれない。おかげで腹のあたりが妙に重苦しかった。大家さんに聞いてみる手もあるのだが、考えてみれば噂の真偽を質さなければならないようなどんなつながりも、僕とさくら書店の主の間にはない。知り合ったばかりの人物の過去について尋ねるなど、どう見てもただのゴシップ好きのやることだ。すっきりしない心持ちのまま、僕はその午後、太郎に不審がられるほど長いこと風呂場を磨いていたのだった。

「典子さんは佐倉さんのことよく知ってるのかい」

「そら同級生で近所やもん。親友」

「お義母さんは付き合いがないと言ってたが」

「明日香のご両親の代にはうちもあの辺に住んでてん。ずいぶん前にうちは駅前開発にひっかかって立ち退いたから、義兄さんは知らへんやろうけど。そのころ土地の境界のことで揉めて、付き合いを絶ったらしいわ。——何にしてもあたしら娘たちにはかかわりのないことやわ。そう思わへん？」

控えめながら心からの賛意を表しておいた。典子は勢いよくチーズバーガーを頬ばりながら、続ける。

「そないなわけやから、お母ちゃんは明日香にも偏見もってるねんけど、あたしにとっては大切な友達やねん。せやのに、丸っきりの中傷を義兄さんに吹き込んだみたいやから。ほんま鉄棒曳きや。うち、お母ちゃんのあんなところ、大嫌い」

典子は啓子と同じようなことを言った。聡明な瞳がよく似た姉妹だ。

「お義母さんが典子さんにそんなことを？」

「うん。義兄さんがあんな女に引っ掛かったらあかんから、教えといたって」

「ちょっと待ってくれ」

危くコーヒーを噴き出すところだった。義母は僕と大家さんのあいさつを上から聞いていたのだろうが、口にした言葉はごく通りいっぺんのものだったはずだ。あれだけのことから僕の、明日香と交わした会話のあとで軽く浮き立っていた気持ちを察知したとしたら、まったく女性の勘はあなどれない。

「そんなんじゃないんだ。佐倉さんとはごく最近知り合った、いや、名前だって今日知ったばかりなんだよ」

「へえ、そうなん？　明日香には義兄さんみたいな人、あうと思うたんやけどなあ」

啓子に似た瞳で上目遣いに見られて、僕は落ち着かなかった。

「よしてくれ。……中傷というけど、お義母さんだってでたらめを口にしたりはしないだろう」

知りたい気持ちを悟られないようにと思うと異を唱えるような言い方になった。チーズバーガーを食べ終えた典子は、紙ナプキンで唇を押さえてから憤然と続けた。

「いややなあ、義兄さんまで。そら結婚せずに子供を産んだっていうのは、根も葉もないってわけやないけど。事情があんのよ。偏見で固まってる母さんにはなんぼ言うたかて無駄やけどな」

先を促すまでもなく、典子は歯切れよく話し続けた。店内は空《す》いていて、周囲の耳を気にする必要はない。

「あのね、明日香には心から愛し合って、将来を誓った恋人がおったん。もう結婚式の日取りまで決まって、幸せいっぱいやったんよ。それが、急な自動車事故で彼が死んでしもうた。その後になって明日香は、おなかに彼の子供がいてることに気づいた。明日香にはどうしても、その命を葬ることはできへんかったわけ。……目新しい話ってわけやない。せやけど、女一人でその子を産んで育てる覚悟がなまはんかなことやなかったのは想像がつくでしょう？　義兄さんなら」

まっすぐ見つめるまなざしに僕はうなずいた。義母の言ったことは確かに嘘ではない。しかし明日香の覚悟を「父無し子を産んだ」「ふしだら」といった言葉で非難するのは、僕には澄んだ泉に泥を投げ入れるに等しい行為に思えた。そしてそのあまりにも無残な結果も、僕は聞かされていたのだった。

「その子も亡くなったという話だね」

「死産やってんよ。その後はしばらくお店も閉めてしもうて、あたし、ほんまに心配やった。今はずいぶん元気になったけど」

義母は皮肉げに「幸か不幸か」と言ったが、愛した人間がたった一つ残してくれた形見を両手に抱きしめる直前に失ったとしたら、これ以上の不幸はあるまい。家族のことを話題にしたときの明日香の様子を思い出した。あの寂しげな影は、愛するものたちを理不尽に奪い取られた印だった。それでも彼女は今、生き生きしたポップアップを作り、孫の写真を見たい老婦人のために雑誌を買いに行き、『いつも庭一杯、きれいな花を咲かせてる』

――。

そうして僕はやっと、今日名前を知ったばかりの彼女にこれほど魅かれていたと気づいたのだった。

典子は改まって言った。

「義兄さん、再婚するんなら遠慮したらあかんで」

「待ってくれってば。何もまだそんな」

「ちゃうちゃう。明日香のことと違って、一般論やんか。お母ちゃんもお父ちゃんも、再婚したらどやって言うたりもするやろ」

「……ああ」

命日に墓参りで上京して来るたび、藤村の両親はそう言っている。僕はこれまで「とてもそんな気にはなれません」と答えていた。そんなことを考える心のゆとりもなかった。

「二人とも義兄さんと太郎ちゃんのことは心から心配してるねん。それはほんまよ。せやけど本当の本当に正直なところを言うたら、義兄さんが再婚するって考えたら寂しいんやろうと思う」

それはわかっている。「そんな気にはなれない」と答えたとき、義父母の目の奥に、かすかに嬉しげな色を見たように思う。非難する気はない。不自由な暮らしの僕や太郎のことを案じ、再婚を薦める気持ちにも嘘はないだろう。ただ子を亡くした親にとって、その子のことを忘れられるのはきっと何より辛いことなのだ。

「頭ではわかってても、こうゆうことって理屈やないねんな。せやからお母ちゃんも、義兄さんのそばに来そうな女の人には難癖つけたくなるんや。さっきはそれで腹がたって大ゲンカしてんけど、そういうわけやからあたしに免じて勘弁したってぇ。義兄さんが再婚したってお姉ちゃんのことすっかり忘れてしまうような人やないこと、本当はお父ちゃんにもお母ちゃんにもあたしにもちゃんとわかってるから。遠慮せんかてええからね」

「ありがとう」

それ以外には言葉が見つからなかった。

「よかった。義兄さんは気ィつかいすぎってゆうか、臆病やから心配やってん」

「ひどいことを言うなあ」

「正直が売りなんで」

典子は澄ましてシェイクのカップを持ち上げ、最後の一口を苦心惨憺《さんたん》吸い上げた。

「そんならこれからそこのデパートまで付き合ってくれる？　大体の目星はつけてるんやけど、やっぱり男性の意見聞いとかんとな」

そう言ってバッグを肩にかけ、立ち上がる。

「ええ？　恋人って嘘じゃなかったのかい？」

「典子さんをなめたらあきません」

唇をひいて笑むと両頰にえくぼが浮いた。これは姉にはない特徴だった。


その晩、太郎が蹴飛ばした布団をかけ直してやってから、僕は冷蔵庫からビールを取り出した。茶の間のたんすの上に載せた小さな仏壇と向かい合わせにあぐらをかく。ビールの缶を仏壇に向かって乾杯するように持ち上げたのは儀式のようなものだ。まさか逝った者が仏壇の中にこもっているわけではないだろう。それともこの黒い箱は、あの世に通じている窓のようなものだろうか。もし窓の向こうから啓子が今日の僕を見ていたなら、化けて出たくなるだろうか。

啓子が太郎をみごもっている頃、二人で映画『クレイマー・クレイマー』のテレビ放映を見たことがある。ダスティン・ホフマン演じる妻に去られた男が、息子と一緒に初めてフレンチトーストを焼き、散々な失敗に終わるという場面で、啓子はせり出してきた腹をなでながらため息をついた。

「タカくんにも家事のABCを仕込んでおかなきゃいけないわねえ。あんなことになったらこの子がふびんだもん」

僕らはそのころまだ、恋人時代と同じ名で呼び合っていた。メリル・ストリープの演じるある日突然出て行ってしまう妻は、知的な雰囲気が啓子と似ていなくもないだけに、僕は洒落にならない気分でねそべっていたソファから身を起こした。

「冗談じゃない。あんなことになる前に、不満があったら言ってくれよ」

「大丈夫よ。不満があれば山ほど言うけれど、絶対あなたを置いて出ていったりはしないわ」

啓子はおかしそうだった。確かに啓子は、女心をわかってくれないと嘆くより、わかるよう説明しようと試みる女だった。

「だけど、たとえばあたしが先に死んだらどうするの？」

「なあに、僕のほうがケイちゃんより一日早く死ぬと決めてる」

「アホやなあ。そんなことわからへんやん」

啓子はときどき、思い出したように「コテコテ」の関西弁を使った。関西ではむしろ親しみの表現として使われるらしい「アホ」にかちんと来た僕は報復に出た。

「そりゃあ僕が一人になったら、周囲がほっとかないだろうな。かわいい嫁さんをもらいなおすか」

「この子をちゃんとかわいがらないようなつまんない女に引っ掛かったら、『うらめしや』

って化けて出るからね」

啓子はおどけて両手を胸の前で下げ、幽霊のポーズをとった。おおこわ、と最後は冗談になって、二人はそのまままた映画に戻った。画面では幼い少年が、母を求めてベッドで泣きじゃくっていた。啓子にどんな予感があったのだとも思わないが、どんな夫婦にもありそうなこのやりとりは、長い間僕にとって平静な気持ちでは思い出せないものだった。

数年後、結局家事のＡＢＣを習う間もなく妻は突然世を去り、僕は悲しむよりまず、ままだ膝にすっぽり入る小さな息子をこれからどうやって育てていけばいいのかと途方に暮れた。もちろん幼子は親を途方に暮れたままにはさせてくれない。母の援助があったとはいえ、手探りの子育てを始めなければならなかった。

フレンチトーストは作らなかったが、ホットケーキは息子の好物だったので何度か試み、そのたび真っ黒に焦がしてついにあきらめたとき。太郎のズボンの裾が、かがり糸が切れたせいで垂れ下がり、それをどう縫いつければいいのか見当もつかなかったとき。そうして夜中にコンビニまでトイレの芳香剤を買いに行ったとき。

そんな晩に僕は、よくこうして一人ビールを飲んだ。妻を恋しがったのでも悲しんだのでもない。おかしな言い方だが、本当の意味で悲しむことができるようになるには、しばらく時間がかかった。初めはそんなゆとりはなかった。さほど酒に強くない僕は、アルコールの力を借りてじめじめと怒っていたのだ。勝手に一人で死んでいきやがって。化けて出られるもんなら出てみろ。「うらめしや」はこっちだ。恨み言ならこっちが言ってやる。悪い酒になる原因の大半は太郎がらみだったが、そのままアル中への道をまっしぐらにたどらなかったのも、やはり太郎のおかげだ。どれほど二日酔いをしていても朝食は作らねばならなかったからだ。

これまで僕に再婚を薦めたのは啓子の両親だけではない。職場の上司や友人にも幾度となく水を向けられ、そのたび「まだそんな気になれませんから」と答えていた。そんなとき「奥さんのことがまだ忘れられないの？」と問いを重ねる者には、一体どういう答えを期待しているのかと皮肉に問い返してみたい。心から愛した存在を本当に忘れてしまえる者が、果たしているのだろうか。

ただ、こういうことなのだ。長い間啓子の死は僕にとって大きな異物だった。自分の意志に反して無理やり飲み込まされたもののように喉の奥に居座って、僕を戸惑わせ怒らせ、どうかすると息をするのさえ苦しくさせた。そんな異物を抱えたまま、再婚という別の異質なものについて考えるゆとりはなかった。

しかし好きで飲み込んだものでなくとも、いつか消化はされる。そして体の一部になっていく。啓子のことを忘れたわけではなく、ただ思い出す気持ちに怒りが混ざらなくなり、澄んだ水のような哀しみだけを覚えるようになったころから、その死は少しずつ、僕の中で異物ではなくなったように思う。起こらないほうがどれほどか良かった出来事には違いないが、それでも僕の人生の一部に違いないと認められるようにはなった。

そろそろ新しいものを抱え込むことを考え始めたとしたら、妻は恨むだろうか。

『アホやなぁ。そんなわけないじゃない』

啓子の声がしたように思った。

「そうか？」

『そうよ。いつまでも歩き始められずにうじうじしているようだったら、後ろから蹴飛ばしてあげるわよ。タカくんの臆病をあたしがじれったがっていたこと、忘れたわけじゃないでしょう』

「姉妹そろってひどいことを言うもんだよなあ」

僕はひがんだ気持ちになりながら残り少ないビールの缶を取り上げた。

『とにかくあちらさんも、タカくんの言葉を使えばとんでもない異物を抱えた人なんだから、焦っちゃだめよ。一緒にそれを抱えていってくれると思える相手でなきゃ、彼女も一歩踏み出す勇気はないと思うの。……ああ、元ダンナの恋路を励ますなんて、あたしっていい妻よねえ』

「まったくだ。本当に君は……」

『それと』

僕の言葉をさえぎるように啓子の声は続いた。

『太郎のことだけはお願いよ。前に言ったとおり、太郎がうまくやっていけないようなひとだったら、そのときは化けて出るからね』

妹によく似たいたずらっぽい笑い声を残して、声は聞こえなくなった。

「わかってるさ」

僕は心の中の声にそう答えて、ビールを飲み干した。


次の休みの昼前、僕はさくら書店に出掛けた。幸い店の中にほかの客はいない。レジにいた明日香は最初のときと同じ青いエプロンをつけていた。曜日ごとに色を決めているのかもしれない。

僕の顔を認めた明日香は小さくほほ笑み「この間はすみません」と改めて謝った。

「謝っていただくかわりに、昼食に付き合っていただけませんか」

「は？」

不審げな反応に、決意を固めて来たにもかかわらず僕は慌てた。こんな場合もシミュレーションしておいたはずだが、その甲斐もなく頭の中は真っ白になった。

「あの、今日は店が休みなもので、僕も一人で昼を食べるより二人のほうが、いや、かといって相手が誰でもいいわけではなくてその……佐倉さんさえ嫌でなければ」

かつて啓子を初めて誘ったときも、似たような醜態をさらした記憶が切れ切れに蘇る。

明日香は困った顔をした。

「いいえ、昼はいつもうちで食べますから」

店の奥の扉を示す。床より一段高くなったそこは、おそらく住居部分に通じるのだろう。

「代わりがいてへんから、店を留守にできません。お客様が見えたらすぐ出られるように、そこを入ったすぐのところにテーブルを置いて、そこで軽く食べてるんです」

困っているだけで嫌がっているわけではないと読んだ僕は粘った。

「それじゃ、ええと、今日でなくていいですから、開店前に朝食でもいかがですか。近くでうまいモーニングを食わせる喫茶店を見つけたんです」

「すみません。私、この近くのお店は……」

明日香はそこまで答えて言葉に詰まったように、ひどく頼りなげな表情をした。我ながら、よくぞこのときこの表情の意味がわかったものだと思う。もし「なぜ」などと問い返していたら、きっとそれきりだった。

以前一人で亡き恋人の子供を育てようと決心したとき、彼女が胎内の小さなぬくもりだけを支えに闘った相手は、悲しみや将来への不安だけではなかったはずだ。世間から浴びせられる好奇や偏見の目はどれほど痛かっただろう。数年を経た今でも、男性と共にいるところを見られることに二の足を踏ませるほどだったのだ。それをどう説明すればいいかと悩ませるのは忍びなかった。僕はしゃべる内容も決まらぬまませっかちに言葉をつないだ。

「ああ、そうですね。それはそうだ。その通りだ。だけど困ったな。本当は夕食かお茶に誘いたいんだが、うちには小学生の息子がいて、母親のいない子だから、夕方には家にいてやらなければならないし……」

言う必要のないことまで言ってしまって、僕は進退に窮した。傍から見れば不自然だったに違いないほどの間があき、僕が「それじゃ」と別れの言葉を口にするより一瞬早く、明日香が言った。

「あの」

青いエプロンの胸をこぶしで軽く押さえて、思い切ったように言葉を続ける。

「うちの店は、木曜日が定休日なんです。その日の昼ならよそへ出かけられますから、もし水島さんのご都合のいいときがあれば」

後に明日香に聞いたところによれば、このときの僕の反応を見て、何も説明しなくともわかってもらえると感じた、それがきっかけだったのだという。だから最初の一歩を踏み出す勇気が出たそうだ。

最初の一歩を踏み出してから、「だるまさんがころんだ」とゆっくり数えるような調子で（断じて「ぼんさんが云々《うんぬん》」ではない）、僕たちは近づいていった。僕が勤務先のシフトの関係で木曜日に休めるとき、あるいは遅番で昼から出るとき、幾つか離れた駅で待ち合わせて昼食を一緒にとった。木曜日以外に休みが当たったときは、必ず買い物がてらさくら書店の前を通った。ほかに客がいれば素通りする。いなければ中に入ってさしさわりのない言葉を交わす。じれったいようなペースだったが、そんなペースでしか伝えられないものがあるように思う。たとえば、君の笑顔が好きだ、ということ。けれどその目元の影を無理やり追い払わなくていいんだよ、ということ。影も含めて君が大好きなんだ、というようなことだ。

夜に逢ったのはたった一度、太郎が八月の半ば、林間学校で泊まりに出かけた日だけだった。

危うく大阪という土地に嫌気がさしそうなほど暑い夏が終わり、朝夕はようやくしのぎやすくなってきた頃、僕は明日香を野球観戦に誘った。

プロポーズと、息子に会ってもらうのと、どちらを先にすればいいか実はかなり悩んだ。本来ならば求婚にあたって、当人以外の意向を先に聞くなどナンセンスだが、聞く相手が子供であればまた別だ。仮に先にプロポーズして承諾してもらった後、初めて太郎と顔合わせの運びになったとする。そこで太郎にノーをつきつけられたらどうすればいいか。そんなわけだからプロポーズはなかったことに、などというのは、過去に十分すぎるほど傷ついた彼女に対する犯罪行為である。かといって太郎の気持ちを無視するのはもっと許されまい。子供は親を選べず、逃げる場所もないのだから。僕のよく知る二人だから大丈夫だろうという見通しはあったが、それは甘い願望かもしれないと自戒する程度には、僕も歳をくっている。

やはり先に顔を合わせてもらったほうがいいだろう――そう考えて、太郎と一緒に野球観戦をと切り出したのだった。明日香は一瞬の気後れの後、泣きそうな笑顔でうなずいた。僕の誘いの意味がわかったようだった。

3

そして、この日がやって来た。

今シーズンの阪神は驚異的な奮闘を見せ、太郎に限らず阪神ファンを狂喜させていた。この時期に首位を競り合っているのだ。スポーツニュースではシーズン中何度も「天王山」という言葉が使われるが、僕たちが見に行く今日、九月の最終土曜日のデーゲーム、甲子園での対中日戦がひときわ高い山になることは確実となった。せっかく観戦するなら盛り上がるに越したことはない。

「出掛ける前に宿題をやりなさい」と厳命したためおとなしく机についてノートを開いている太郎だが、この数日は試合のことで頭が一杯の様子だった。

もっとも浮かれているおかげで、僕が「友達が一人一緒に行く」と言ったのを気にもとめていないらしいのは幸いだ。ほかに紹介のしようは思いつかなかった。「恋人」と口にすることを考えただけで顔から火が出た。かといって「新しいお母さんになるかもしれない人」などと言っては太郎に無用のプレッシャーを与えそうだ。二人が初めて顔を合わせるとき何と言えばいいか、この期に及んでまだいい知恵が浮かんでいない。ベランダで洗濯物を干しながら、僕は少し気が重かった。

もっと気の重いことがあった。藤村の家には明日香と付き合っていることをまだ話していない。典子は祝福してくれるだろう。しかし無口な義父はともかく、義母が難関だということはたやすく想像できる。もっとも太郎と明日香本人の承諾があっての話だから、今のところ取り越し苦労というものだが……。

考え事にふけりながらタオルをはたいた拍子に、からみついていたハンカチがはじき飛ばされ、ベランダの手すりを越えて落ちてしまった。腐りながら下に降りて、アパートの裏庭へ拾いに行く。庭木に引っ掛かっていたハンカチを取って表に戻ると、ちょうど門を入ってきた人物と顔を合わせた。

「あら、水島さん、こんにちは」

「こんにちは、澄子《すみこ》さん」

近くに住む大家さんの娘だった。娘とはいっても四十を越え、自身二人の女の子の母親だ。大家さんが童話に出てくる魔法使いだとしたら、娘は民話絵本の表紙で見かける山姥《やまんば》といった趣である。人をとってくらうタイプではなく、大らかな山の守り神を想像すればいい。もっとも説明したところでほめ言葉とは思ってもらえないだろうから、本人に告げる気はない。

「気持ちのええ季節になったねえ。どっかで金木犀《きんもくせい》が咲いてるわ」

丸こい鼻をひくつかせる仕草をした。確かに甘い香りが漂っている気はするが、花に疎《うと》い当方は「そう……ですか」とごまかしておく。

「ありゃま。男の人なんてしょうがないもんやねえ。こんなにええ香りやのに。あたしが幼稚園の頃まではこの庭にも大きなのがあって、花の時期には家中が匂いに包まれるみたいやったの覚えてるけど……ときにお母ちゃんいてるかしら」

「さっきはいらっしゃいましたよ」

「おおきに。今日は娘が、ケーキ焼くからおばあちゃんにコーチ頼みたい言うもんでね。あたしのコーチじゃ頼りないんやて」

豪快に笑う。容姿は必ずしも似ていない大家さん親娘だが、気質はよく似ているらしい。明日香にそう聞いた。かつて子供を産むと決心したとき、決して好奇の目で見ることなく力になってくれたのが、典子と大家さん親娘だったという。その子を死産した後、あまりの虚脱感に店をやっていく自信を失っていたとき、続けるよう励ましてくれたのもこの親娘だったそうだ。

「そやそや。あんた、このごろ明日香ちゃんと付き合うてるんやて？」

すれ違いざま、彼女はばあん、と僕の背中をたたいた。たたかれたせいばかりでなく息がつまった。クーラーを入れたので玄関のドアを閉めてきてよかった。太郎に聞こえたら立場がない。

「いや、別にまだ、そんな」

「どあほ。あたしは明日香にじかに聞いてんで。女が付き合うてる言うもん、男が否定してどないすんや。女に恥かかす気ィか」

「……ごもっともです」

「ええか。あのおとなしい明日香が自分から言うところを見ると、本気なんや。あんた、……肚をくくらなあかんで」

「は」

ぐいと詰め寄られ、少々気圧されて返事をした。「よっしゃ」と答えて離れた相手に、ほっとして言わずもがなのことを言った。

「お母さんに同じことを言われました。よく似ておられますね」

「うん？」

山姥は少し面くらったようだが、またカンラカンラと笑い、もう一度僕の背中を張って大家さんの部屋へと向かった。その後ろ姿を見送るうち、急にわかったことがあった。

——そうか。

今そのことに思い至ったのはひどくいい前触れのように思えた。僕はハンカチを握りしめて階段を駆け上がった。

出かける時間になった。デーゲームの時間に合わせ、間食とも早めの昼ともつかぬぐらいの腹ごしらえをそこいらで済ませて行こう、と明日香と打ち合わせてあった。アパートからの道々、手にもったタイガースの野球帽を振り回しつつ「ろーっこうおろーしにー」と歌う太郎を「頼むからやめてくれ」と制するのに汗をかいた。

さくら書店の前まで行くと、半分降ろしたシャッターに明日香が紙を張りつけているところだった。彼女はいつも声をかけないうちから、心の中で呼びかけたのを敏感に聞き取るようにこちらに気づく。振り向いた明日香は人をほっとさせるようないつものほほ笑みを見せた。野球観戦にふさわしく軽快な服装で、店にいるときとも二人で会うときとも違う雰囲気が新鮮だった。

張り紙は臨時休業の知らせだった。今日は土曜日、本来ならさくら書店は営業日なのだ。「あれから」と明日香が言うときは子供を失ったときのことと決まっているが、臨時休業はあれから初めてのことだという。

「太郎、こちらは、佐倉明日香さんだ」

と紹介して、とたんに僕は何を言えばいいかわからなくなった。目を丸くして明日香を見上げる太郎に説明しなければ、と焦っていると、明日香は膝を折って太郎と視線を合わせ、「はじめまして、佐倉明日香です。よろしく」まじめな顔であいさつをした。

そうして太郎と同じ高さから僕を見上げると、半分開いたシャッターのほうをさして、言った。

「お昼、粗末なものでよろしかったら、うちで」

目が合うと、明日香が軽く緊張しているのが伝わってきた。僕はいまだに、客として店を訪れる以外、明日香の家に入ったことはない。外出から電車で一緒に帰ってきて、駅から連れ立って歩くようになったのさえごく最近のことだ。それまでは、近所の目について明日香を困らせてはならぬと厳に謹んできたのだ。

いや、近所の目だけではない。明日香にはもうひとつ、自分自身という戦いの相手があった。一度だけ夜に逢ったとき――。

気合を入れて予約した高級ホテルのレストランで、明日香は最初楽しそうだった。ディナーテーブルの上で燃えるろうそくの光に照らされて、朗らかに笑ってみせていた。

だが、梅田《うめだ》の街を見下ろすラウンジに席を移すころ、明日香は段々元気をなくしていった。そして僕がどうしようもなく不器用に肩を抱き寄せようとしたとき、明日香は静かに泣き出した。怖い——とそれだけ言われて、僕は手をのばしかけた姿勢のまま固まって途方に暮れた。その気持ちがわからなかったからではなく、わかってしまったから途方に暮れた。もちろんこの臆病な男が怖いのではなく、今は数十光年の彼方《かなた》にあるに等しいご近所の目が怖いのでもなく、明日香は、もう一度失いたくないものができるのが怖かったのだ。

僕はその夜、そのまま明日香を送っていった。駅からは一緒に歩けないが、夜の一人歩きは物騒なので、明日香を五メートルほど先に行かせてその後をついて行った。肩を落とした細い後ろ姿が家に入るのを見届けて、僕も一人でうちに帰った。

正直に言うが、気持ちがわからないふりをして無理に隔てをとってしまったほうがよかったのではないかと、その晩は眠れなかった。しかし翌朝、遅番で店に出る前にさくら書店に顔を出したときの明日香の表情を見て、これでよかったのだと思った。人が笑顔を作るのは、自分を美しく見せるため、相手への好意を伝えるため、誰かを励ますため、その目的が何であれ、幾分かは誰かに見せるためのものだ。純粋に自分の喜びから湧き上がるような笑顔には、赤ん坊をのぞいてめったにお目にかかることはない。このときの明日香の笑顔はそれだった。

怒ってもう来はらへんのやないかと思ってた——彼女はそう言った。僕は少し驚いた。

自分のやり方が間違いだったのではないかと悩みこそしたが、明日香に対して腹を立てるという発想はまったく浮かばなかったからだ。

そう言うと、明日香はまた泣き出してしまった。不器用なゆっくりした歩調で伝えようとしたことが、どうやら伝わったらしかった。肩を並べて歩けるようになったのはその日からだ。

今日、息子と僕をうちに迎えてくれるのは、明日香がまた一歩あゆみを進めてみようと決めたからに違いなかった。

ドレッシングの瓶を倒した僕を、太郎が「お父ちゃん、ちょっと落ち着きぃ」とたしなめた。キッチンで支度を始めた明日香は、すっかりいつもの静かでてきぱきした動作を取り戻していた。それまで怖がっていたプールに思い切って飛び込んでみたら難なく泳げた子供のように、難しいと思っていたことがこれほどたやすいと発見した気分だろうか。結局一番おたおたしていたのは僕だった。店から上がってすぐのところが明るいダイニングキッチンになっている。なるほど、これなら食事をしていてもすぐ店に出られるだろう、とようやくあたりの様子が見えてくる。

食卓を整えた明日香は太郎と向かい合わせに座った。気づいてみると太郎といつの間にか打ち解けてしゃべっている。何のことはない、明日香が昨日の阪神のオーダーをすらすら言えたのがきっかけらしい。明日香もかなりの阪神ファンだとは聞いていたが、僕などは知らない選手の名前が行き交う二人の会話を聞いていると疎外感を覚えた。幸せな疎外感などというものがこの世にあるとは思わなかった。

　粗末なものと明日香は謙遜していたが、あらかじめ用意してあったらしいツナサンドイッチとサラダはなかなかのものだった。たわごとに聞こえるのを覚悟の上で言うと、至上の美味だと思えた。気持ちが浮き立っているからか、空気全体に何やらかぐわしい香りまで感じる。

　そのときポケットの携帯電話が鳴った。明日香と太郎が目の前にいる以上、ほかにかかって来るとしたらまず職場からである。嫌な予感を覚えながら、話に夢中の二人に背を向けて通話ボタンを押す。響いてきたのは麗美の声だった。

「主任！　しゅにーん！　悪いんやけど今日、店に出てもらえませんー？　あたし当番なんやけど、ちょっと用事ができてしもたんですぅ」

　予感が的中した。確かに本来の当番の急病や急用で、非番の者が呼び出されることはある。主任である以上、そういう場合に呼ばれやすいのも承知している。しかしそんなことは半年に一度あるかないかだ。それがなぜ今日に当たるか。

「勘弁してくれよ」

せいぜいドスの利いた声を出したつもりだが、まったく通用しなかった。

「いやぁ、悪いと思うてますってー。せやけどしゃあないですやんか」

「しゃあないってなあ、お前……」

「とにかく頼みますぅ。今日はお客さんが多いし、店長は相変わらずやから、早う行ったげてください」

店長はここ数日鼻風邪をひいてくしゃみが止まらず、あまり戦力にならない状態だ。小規模店でスタッフも多くないだけに、このうえ麗美が抜けては店の営業に支障をきたすだろう。やむを得ない。

そんならまたぁ、という声を最後に、麗美からの電話は切れた。僕は話しやめてこちらを見ていた二人に、僕はしぶしぶ切り出した。

「すみません。店の者から電話があって、どうしても出なきゃならないみたいです。太郎、野球はまたにしてもらえないか」

「えー。何言うてんねん。そんなんなしや」

口をとがらせる太郎に向かって、明日香がほほ笑んだ。

「太郎ちゃん。あたしと行こうか」

ええっと耳を疑う僕を置いて、太郎は現金に小躍りした。

「行く行く。絶対行く」

「太郎。父さんは行けないんだぞ。いいのか」

「ええって。お父ちゃんなんかとより明日香ちゃんと一緒のほうが楽しいわ」

「あのなあ……」

時間がないこともあり、僕の懸念を無視して話は決まってしまった。携帯を持たない明日香に、連絡用にと自分の携帯電話を託す。

「よろしく頼みます。太郎、あんまり迷惑かけるんじゃないぞ」

「そんくらいわかってる」

太郎は頰を膨らませた。

「大丈夫ですよ。お仕事、頑張ってくださいね」

「歳なんやから無理したらあかんで」

生意気なことを言う。思えば太郎はずいぶん前から、僕の身を気づかうこういった言葉を口にしていた。幼稚園に上がるか上がらぬかのころ、僕が疲れた顔をしているのに気づいたのか、小さな手で肩を揉む真似をしてくれたこともある。早くに母を亡くした幼子の心には、大切なものがいつ奪い去られるかわからないという不安感が住み着くのかもしれない。『母のない子と子のない母と』という物語があったな、とふと思い出した。そこに妻を亡くした男も加わって三人で身を寄せ合ったら、少しは安心感を与えてやれるだろうか。

期待が先走ってはいけないと自分を戒めながらも、店の前に立ってこちらを見送ってくれる二人を見て僕は、早くも新婚家庭から送り出されたような錯覚を覚えた。頬が緩みそうになるのを軽くはたいて気合いを入れ、駅へと向かった。

「うわっくしょい！　水島君、すまんなあ。せっかくの休みやのに……っくしゅん」

店の奥の事務室に入ると、店長がマスクをとってあいさつしてくれた。盛大にしぶきが飛んできたのには少々閉口した。メガネにちょび髭が「引っ越しのサカイ」のＣＭを連想させる店長は、もともと鼻炎気味なのもあって、風邪をひくとすぐに鼻をやられるのだそうだ。こんな状態ではお客の前に出るわけにいかないと、ここ数日は情けなさそうな顔でデスクワークに専念していた。

「いいんですよ、そんなことは」

僕が主任であるにもかかわらず遅番を少なくしてもらっているのは、父子家庭という事情を考慮してくれる店長のおかげだ。そのため自分が遅番をかって出てくれさえする。

「はよ帰ってヨメはんの顔見ててもケンカになるだけやさかいな」という店長の好意に、僕はすまないと思いながらも、太郎が一人で留守番できるようになるまでと甘えることにしていた。こんなときにわずかでも恩を返さねばなるまい。

「それにしても麗美はまた、何で？」

店長は憮然として答えた。

「いやあ、わからへんのや。携帯に電話が入った思うたら、どうしても行かなあかんと言い出した。で、こっちがええともいかんとも言わんうちに、勝手に君に電話をかけて、ほなさいならと……だあっくしょいっ」

あの能天気娘、釈明の内容次第によっては許さんぞ、と僕は、私怨もこめてそう誓った。明日香と太郎の顔合わせという目的は一応達したわけだが、自分のいないところで二人に感情の行き違いでもあったらと思うと、仕事にもいつもほど身が入らなかった。

そろそろ試合が終わったと思える頃、客の途切れた合間に事務室から電話をかけた。向こうは大騒ぎだった。

「ごめんなさい！　さっき、延長に入ったところなんです！」

声が切れ切れに聞こえてくる。太郎の様子を尋ねるどころではないが、向こうから「どあほー！　ボールだまに手ぇ出すなー！」とどなっているのが聞こえたので問題はないようだ。今後よその土地に移ったとき社会に適応できるかどうかはまた別の問題だが。

「終わったら、夕食をご一緒してお送りしますから——！」

「よろしくお願いします！」

やっとの思いでそれだけを伝えて電話を切る、と、こちらで店長が「おうっわっくしょい」と後半はくしゃみと混ざった歓声をあげた。イアホンで聞いていたのは野球の実況中継らしい。今ごろ太郎も大喜びしていることだろう。


閉店して片づけを終えたときには八時を回っていた。今度は駅前の公衆電話から明日香の家に電話を入れることにした。もう帰り着いているはずだ。

「あ、水島さん」

すぐに出た明日香の声がどこか心もとなげだったので、僕は不安になった。

「元気がないようだが、何か——」

「いえ、大丈夫ですよ。太郎ちゃんも楽しかったみたいで、梅田でご一緒した夕食のときも食欲旺盛でしたし」

明るい声になったが、どうも少し無理をしているようでもある。

「お世話になりました。太郎はそこに？」

「ええ、それなんやけど」

大きく息を吸い込む気配がした。

「水島さんが帰らはるまでうちでお預かりしよと思うてたんですが、太郎ちゃんがさすがにくたびれたから帰りたい、言わはるんです」

電話で聞いたあの応援ぶりでは無理もない。初対面の気疲れもあっただろう。

「それで、おうちまでお送りしたんやけど」

「あ、それはお手数をおかけして」

「いえ、それが」

まだ話は終わらないようだった。少々じれったくなってきた。啓子にはこんなところはなかったが、と勝手な思いがよぎりかけたのを、急いではたき落とした。亡き人と比べることは絶対にしてはならない、と自分に禁じていた。自分がそうされたら辛いからに過ぎない。

「太郎ちゃん、今日はおうちの鍵忘れてきたって言わはるんです。大家さんにお願いしようかと思うたら、お留守みたいでした」

ぬかっていた。いつもは太郎にも鍵を持たせているのだが、今日は僕と一緒なのでうっかりしていたのだ。大家さんが留守というのも間が悪かった。近所の娘一家のところかもしれない。

「そしたら太郎ちゃん、おばあちゃんとこへ行ったらええ、おとうちゃんの帰りが遅いときはいつもそうやからって。せやからマンションの前までお送りしました」

「あ……」

　困ったことになった、と思った。これまで伏せてきた明日香とのことが思わぬところで露見しているだろう。藤村家に今日連れて行く予定はなかったから、太郎が顔を見せたら「どないしたん？　お父さんは？」と聞かれたはずだ。太郎としては当然今日の出来事を話しただろう。明日香のことを伏せておく理由など、太郎にはないのだから。

　うちと藤村のような間柄で付き合っている相手のことを報告するのもおかしなものだ、当人同士で正式な話がまとまってから言うべきだろうと思っていた——これは正論だが建前でもある。明日香と付き合っていることをあの義母にどう告げればいいかわからず、ついそのままにしていた、というのが正直なところだ。実の親子ならばどうののしり合ったところでいずれ分かり合えるかもしれない。だが義理の間柄、しかも向こうにとってもかけがえのない孫である太郎を間に挟んでいるとなれば、できるだけ事をこじらせたくはなかった。明日香には僕が藤村家の娘婿にあたることを話してあるが、彼女にもどうすればいいかわからないようで、いずれは解決しなければならない問題として暗黙のまま先送りになっていた。

　僕が思案に暮れたのを感じとったのか、明日香はすまなそうに小さな声になった。

「かんにんね。太郎ちゃんに口止めしようかとも思うたんやけど、子供に嘘をつかせるなんて、ぜったいあかんと思うたし――」

「ああ、そうだ。そうです。そのとおりです。気にしないでください」

　僕はあわててそう言った。一瞬の沈黙が明日香を傷つけていなければいいが、と思うあまりむやみに言葉を繰り返してしまう。そもそもこれまで藤村に黙っていたこと自体、明日香にすまないと思うべきなのは僕のほうだった。

「今日こそちゃんと話します。そして向こうがなんと言おうと、僕の気持ちに変わりはありません。ただあなたに不愉快な思いをさせるようだといけないが――」

「あたしのことやったら大丈夫です。あたしも、気持ちに変わりはありませんから」

　明日香はそうきっぱりと言った。

　ありがとう、と電話を切ったあと、どさくさ紛れに求婚めいたことを言ってしまったと気づき、僕は夜空を仰いでため息をついた。しかし清々した気分でもあった。僕らを家に迎えてくれた明日香と同じだ。決心してしまえば何ということはないのかもしれない。

チャイムを鳴らすと、開けてくれたのはいつもの義母ではなかった。

「ああ——高志くん。その、母さんが聞きたいことがあると言うてる」

と右手にある入り口、大粒のビーズを連ねたのれんの奥を示す。義父も顔色が冴えないが、僕とて似たようなものだろう。

「あ、ははは、はい」

先ほどのすっきりした気分はどこへ消えたか、声が裏返りそうになる。何か問いたげな義父から目をそらしながら「太郎は？」と尋ねると、「茶の間でゲームをやってる。太郎の前やないほうがええやろうと、母さんは言うてるよ」と答えが返ってきた。

僕は「じゃ、ちょっと先に太郎を見てきます」と左手の茶の間に向かった。いささか卑怯な気もするが、まさか窓から逃げはしない。何よりも太郎に聞いてみるのが先だ。義母が何と言おうと、太郎がいいと言いさえすれば——。

「太郎が幸せになることなら、私に異存はない。母さんが何を言おうと気にすることはないからな」

ちょうど心に浮かんでいたことを言われて、僕はぎくりと振り向いた。義父はのれんをかき分けてキッチンに入って行くところだった。

太郎はもうパジャマ姿で、こちらに背を向けてゲーム機のコントローラーを操っていた。

「その――太郎。野球は楽しかったか」

んあ、というような、肯定とも否定ともつかない声だけが返ってくる。ちゃぶ台の上に、託しておいた携帯電話が投げ出してあった。それを拾い上げ、手持ち無沙汰に弄《もてあそ》びながら問いを重ねる。

「あの――な。佐倉さんのうち、どうだった」

「んー？　あ、ちぇっ。しもた」

太郎の舌打ちとともに画面では小さな爆発が起こった。

「どうだった？」

「なにが」

上の空の様子でボタンを繰り返し押している。

「佐倉さんのうちは、どうだったって聞いてるんだ」

そのとき、派手な音楽が鳴って画面の中のキャラクターが形を変えた。「よっしゃ。やりぃ」と太郎は歓声をあげている。

「太郎」

少し大きな声を出すと、太郎はブラウン管から目を離さないまま、面倒そうに答えた。

「ああ、明日香ちゃんち？　便所みたいなにおいがしとったな」

高志さんが誰と付き合おうと一言も文句を言う気はないで——義母は「ひとっことも」とアクセントを置いて、そう言った。太郎の語った今日の出来事からやはり事態を察したらしかった。キッチンのテーブルに両肘をつき、正面に座った僕をにらみ据えている。日頃の僕ならばその圧力につぶれていたに違いないほどの視線だが、頭が混乱している今はそれを気にするどころではなかった。義父は義母の隣でさっきから何度も口を挟もうとしては失敗していた。

独り身なんやから誰と付き合おうと自由や、ただ、それをこそこそ隠してはったいうのが情けないねん、それだけや。義母はしきりにそう繰り返した。『あんな女に引っ掛かったらいかん』から明日香の過去を僕に話したことは記憶から消えているのだろう。そのせいもあって僕が言い出しかねていたことなど考慮の外に違いない。

「うちに何も言わへんやなんて、ほんまに情けない。太郎はうちらの孫でもあるんやで」

ついに息子の名が出たとき、それまで黙っていた僕は言った。今日はいつものように最後までかしこまって受け流すことができなかった。

「わかっています。太郎が嫌なら誰とも再婚する気はありません」

吐き捨てるような調子になったらしく、義母が鼻白んで言葉を切る、そのすきをとらえて僕は立ち上がった。

茶の間に行ってみると、騒ぎの中心である太郎はゲームに飽きたか畳の上に丸くなり、のんきにもぐっすり眠り込んでいた。これまでごちそうになった晩には二人で泊めてもらうことも珍しくはなかったが、今日だけはそれは耐え難かった。太郎を背負って帰ろうとして思いとどまったのは、僕の後を追って来て茶の間の入り口で棒立ちになっている義父の表情を見たからだ。太郎を連れて帰ってしまえば、心配症の義父は、僕と義母とのいさかいのせいでこれきり孫と縁が切れてしまうのではないかと不安にさいなまれるのが明らかだった。――「今晩は太郎だけ泊めてやってください」――それでも何げない調子でしゃべろうと苦心する自分が疎ましかった。

「それじゃあまた」

玄関でそう曖昧なあいさつをすると、義父も聞き取りがたいつぶやきを漏らしてうなずいた。義母は顔を見せなかった。

仏壇を背にして座るのは初めてだった。

一本目のビールを空にする頃ようやく、太郎を置いてきたのは義父のためばかりでないことに気づいた。自分も一人になりたかったのだ。息子を邪魔にしたような後ろめたさをアルミ缶と一緒に握り潰し、僕は二本目のプルタブを開けた。

『便所みたいなにおいがしとった』

汚い言葉だった。悪意を感じさせるそんな言葉を太郎が幼い口から発したことに、僕はショックを受けていた。ビールをなめながら、感じた悪意を中和するような解釈をひねってはみた。たとえばたまたま下水の調子が悪くて、佐倉家のトイレに異臭がしたとは考えられないか。太郎はトイレを借りてそれに気づいた――しかしそれなら『便所みたいな』という表現はとらないだろう。たとえば「トイレが臭かった」とでも言うところだ。太郎は紛れもなく、『明日香ちゃんのうち』に『便所みたいなにおい』がしていたと言った。

僕にはかぐわしい香りに満ちているようにさえ思えた場所に対するその表現は、「明日香のうち」、明日香にまつわるすべてへの太郎の反感をこめたものではないかと、僕にはそう思えてならなかった。明日香の人柄から考えて、太郎に悪い印象を与えるはずはないと思いたい。ことによると藤村の義母が太郎に何か悪口を吹きこんだのではないかとも考えた。しかしそれは、義母を悪者にして自分の葛藤を解決しようとしているだけだとわかっていた。鉄棒曳きではあっても、子供に根回しをして反対させるほど卑劣なまねはするまい。太郎の前でその話題を出さなかったのが証拠だ。聞かせるともなく愚痴をこぼしたとは考えられるが、愚痴の単なる受け売りにしては、太郎の言葉はリアルすぎた。何らかの実感があったとしか思えない。

やはり明日香のことを新しい母になるかもしれない人だと察知した太郎が、抱いた反発を自分なりの表現で父親にぶつけたのではないか。それが缶ビール三本と共に出した僕の結論だった。

一人でこれほど飲んだのも初めてだ。四本目のビールを開けながら、僕は索漠とした気分を味わっていた。覚悟はしていたつもりだが、そんなものは何の役にも立たないことを思い知った。今では明日香のいない人生など、好きでもないのに流し込む四本目のビールのように味けないものとしか思えなかった。仏壇に背を向けているのも、啓子に言われるのが怖かったからだ――『太郎を不幸にするのだけはやめて』と。

しかしそうして逃げたところで、自分の胸の内はよくわかっていた。太郎に無理強いすることは、僕にはどうしてもできない。

4

くしゃみと共に目が覚めた。隣に太郎がいないことに気づいて慌てて起き上がったが、重苦しい頭痛で昨日のことを思い出した。一人で飲んでいるうち、わずか四本のビールで沈没してしまったとみえる。くさくさした気分でばたんと寝転んで、僕は再び腹筋運動のような勢いで起き上がった。冗談ではない、このままでは遅刻だ。腕時計は八時半を指していた。

手洗いと歯磨きに着替え、つまり人前に出るために最低限のことだけ済ませ、財布と携帯電話と鍵をつかんでアパートを飛び出した。

駅へと走る途中で携帯電話が鳴った。「もしもし」と出た声は我ながら殺気だっていたことだろう。

「あ、主任ですかあ。おはようございますぅ」

こちらの様子に少しも気づかないらしい能天気な声は麗美だった。

「昨日はどーもすみませんでした」

「お前ね、言い訳は会ってから聞く。今は出かけるところだから」

酒が残った体で走りながらしゃべるのはさながらトライアスロンだ。はずむ息でそう言うと、

「今日はええんですよ。昨日無理を聞いてもろたんやから、今日は主任の代わりにうちが店に出ます」

どっと力が抜けて立ち止まった。いつもならばそろそろ店についている時間だ。同じことならどうしてもっと早く、たとえば昨夜なりに連絡してこられないか。しかし遅刻ぎりぎりの後ろめたさと息苦しいのとで、とっさに小言が出なかった。

「……昨日は」

ようやくそれだけ言うと、さすがの麗美も説明が必要だと思ったようだった。

「いやあ、ごめんなさい。親が倒れたんですわ」

そんなにあっけらかんと言う内容か。

「どんな具合なんだ。お父さんかお母さんか」

「うーん……おかあちゃんのダンナなんですけどね」

言いにくそうな口調に、一瞬、冷たい水が歯にしみたときのような気分を味わった。

「うち、小さいときにお父ちゃん亡くして、その後おかあちゃん再婚したから。その相手のおっさんが今日び流行《はや》らへん、口うるさい頑固もんやから、うちけんかばっかりで、高校卒業したらすぐ家を出たんです。親不孝もんやって思わはります？」

「思わないでもないが、僕には何も言えない」

「主任らしいなあ。……それで、そのおっさんが急に倒れて、死ぬ前に一目うちに会いたい、言うたらしいんです。そら行かなあかんわね。あはは」

苦い気持ちになったのは昨夜のビールのせいばかりではない。死んだ後まで笑われるような何を、その義理の父親がしたというのだろう。

「あ、ところでおっさん、死んでませんよ。ただの夏風邪で熱出しただけやったって。死ぬ死ぬ言うて大騒ぎして、人を心配さすのもたいがいにせえって、またけんかしてきました」

その場にしゃがみ込んだのも昨夜のビールのせいではない。この娘の相手をしていると無駄な体力を消耗する。

「まあそういうわけやから。店のことは大丈夫です。また明日」

それきり電話は切れた。人を心配さすのもたいがいにせえ、か。お父さんと呼んでやれよ——と言いたかったところだが、大きなお世話だろう。オッサンというのは、麗美なりの愛情表現なのかもしれなかった。

とにかく空っぽの胃に何か入れよう、そう思いながらアパートに戻った。門の向こうにおなじみの丸い後ろ姿があった。門扉を開ける音に振り向いた大家さんは、手に小枝の束を握っていた。

「まあまあ、水島さん、おはようございます。どお、ええ香りでしょ」

手の中のものを僕の鼻先に持ってくる。つやのある濃い緑の葉をつけた小枝に、小さなオレンジ色の花が無数についていた。花に疎い僕でもひどくなじみのある香りだ。無邪気な明るい笑い声のような、一点の曇りもなく晴れわたった日の陽ざしのような、そんな芳香だった。二日酔いでなければもっと楽しめただろうが。

「金木犀。ご近所で咲いたのをもろうてきたんやわ。おすそ分けするからどうぞ、一枝もって行きぃな。部屋中いい香りがするで」

「はあ、どうも」

花瓶なんてあったかな、と思いながら会釈をして階段を上りかかる。そのとき大家さんが独り言のように言った言葉が聞こえたのは、大仰な表現をすれば奇跡だったに違いないと思う。この索漠と味気ない現代には、山が動くこともパンが空から降り注ぐこともない。しかし愚かな人間が愚かな思い違いで自分や周囲を不幸にするのを止めるぐらいの奇跡は、今でも起こりうるのだ。

「おかしな時代やねえ。最近の子供は、この香りを御不浄のにおいやって思うそうやねんから」

言葉の意味を頭で理解するより早く、僕は振り向いていた。

「トイレの……においですか？」

大家さんはおっとりと答えた。

「そや。金木犀の香りは、御不浄の芳香剤によう使われてるからやね」

「ぜねれーしょんぎゃっぷやねえ」

大家さんはため息をついた。僕は小学生の頃、テストの点が悪かったのを母に白状したときのように、昨日のいきさつをすっかり大家さんに打ち明けたのだった。

「水島さんくらいの年代までは芳香剤なんてものがあんまり行き渡ってなかったもんねえ。それぞれのうちやところにもよるやろうけど、まあ芳香剤の匂いより先に本物の花の香りに触れてる人が多いんや。せやけど今はたいがいどこのうちにも芳香剤があるから、子供たちは花の香りを知る前にそっちの匂いを知ってまう。そうしたら、芳香剤の匂いを花と同じやと思うんやなしに、花の香りを芳香剤と同じ、御不浄で嗅ぐ匂いやと思うてしまうんやな。子供らが悪いわけと違うけど、なんや花がかわいそうやな」

それだけのことだったのだ。僕が明日香のうちで感じたかすかな甘い香り、花の名に疎い僕は気づかなかったが、あれはおそらく金木犀の香りだ。佐倉家の庭にあるのかもしれない。太郎もその香りに気づき、わが家でも使っているトイレの芳香剤の匂いと同じだと認識したのだろう。「便所みたいなにおい」というのはひねった悪意の発露などではなく、実にストレートな実感だったのだ。

「それにしても、わざわざ『便所みたいなにおい』だなんて乱暴な言い方をするから誤解する」

僕の繰り言を大家さんは上品に笑いとばした。

「せやね。けど、男の子いうんはそんなもんと違うやろか。わざっとおもしろがって、乱暴な言い方や露骨な言い方をしてみるもんや。何の悪気もなくてもな」

「はあ……」

大阪に来てから言葉が乱暴になったと思っていただけに、後ろめたく思った。確かにそうだ。僕もそうだった。おそらく世界中の少年に、そういう一時期はある。

「ええか。子育ての先輩として言わせてもらうから、覚えときなはれ」

大家さんは優しい笑みを浮かべたままだったが、僕は知らず知らず直立不動になった。

「子供のことを、買いかぶりすぎても見くびりすぎてもあかん。子供はたいがい、思ったことは思ったように口に出す。嫌いなもんは嫌い、いやなもんはいや。ゲームをやってるときに話しかけられたら、うるさいから説明抜きで思ったことだけを言う。眠たかったら眠る。わざわざひねった言葉で悪意を伝えようやなんて、大人の発想でしかないで」

小柄な大家さんは僕を見上げるようにして言葉を続けた。母が僕を叱るとき、いつの間にかこちらを見上げるようになっていたのに気づいたのは幾つのときだっただろうと、頭の隅で思う。

「それもこれもあんたの、肚のくくりかたが十分でないからや。太郎ちゃんを傷つけとうない、藤村さんともできればうまくやっていきたい、それはええで。せやけど、自分がどうしたいかをちゃんと正面から伝えんのはあかん。勝手に気ぃまわして悩んで自分で結論出すのはやめとぉき。それが幸いしたのもあると思うけどな」

「はい？」

わけがわからず上がり調子で問いかけると、大家さんは脅かすように金木犀の枝をぐいと僕の鼻先に突き出した。

「ゆうべの太郎ちゃんのやったことは、子供が難問にぶち当たったときの対策や。わき目も振らずにゲームやったり、終わったらあっという間に眠ったり。子供はそうやって、自分の手に余りそうな問題をゆっくり消化していく。覚えてへん？ ちいちゃいころ、しんどいことがあったらとりあえず好きなことに熱中したり昼寝したり、せえへんかった？ のんきやからとちゃう、それが子供の戦い方なんや。太郎ちゃんかて別に明日香ちゃんのことを気にいらんというわけやなくても、あんたらのことを知ったんがあんまり急やったから、それを消化するための時間は絶対に必要やったはずや。それを邪魔せんですんだのは幸いやったわね」

　馬鹿な父親だった。太郎を苦しめたくないとそればかり思っていたつもりだが、親の思惑など越えて、子供はちゃんと自分で人生に立ち向かっているのだ。

「ええか。とにかくいっぺん、正面から太郎ちゃんと話をしてみ。……無責任なことを言うてええなら、あんたら三人はええ家族になると、うちは思うで」

「ありがとうございます。大家さんにそう言っていただけると、そんな気がします」

　この親子も、おそらく血はつながらないはずなのにこれほど仲がいい――大家さんが神戸からこのうちに来たのが三十五年前、しかし四十二歳になる娘はここで幼稚園時代を過ごしているのだから。顔は似ていない二人の間で、気質は確かに受け継がれている。そうして、そうだ、反発してけんかばかりだという麗美とその義父の「オッサン」の間にも、暖かいものが通い合っている。それが僕たちの将来の保証になるわけではない。しかしそれを将来の道しるべにもしないのなら、怠慢と呼ばれても仕方ないだろう。

　いくら大家さんでも、僕が言葉に込めた意味まで気づかなかったと思う。ただほっこりとほほ笑むと、僕の肩越しに「おかえり」と声をかけた。振り向くと、黒と黄のタイガース帽子が門を入るところだった。

「ただいま。何してんの、こんなとこで」

僕と違って寝足りたらしいさっぱりとした顔で、太郎は不審そうに聞いてきた。大家さんはもう玄関の中に姿を消している。金木犀の枝を抱いた格好のこっけいさに気づき、あわててそれを太郎の前に差し出す。

「あの――な、太郎。昨日、佐倉さんのうちにしてた匂いって、これか」

鼻を寄せるまでもなかったらしい。太郎はあっさりと、

「そやで。何やと思うてたん？」

と答えた。

「いや、何というわけじゃないんだが――これは金木犀って花だから」

僕は拍子抜けするあまり、それ以上言葉を続けられなかった。太郎はふうんという生返事を残してさっさと階段の方へ向かいながら、

「そやそや。藤村のおばあちゃんがな、昨日は言いすぎたから謝っといてくれって。またゆっくり話に来てくれって」

そう言った。藤村にはこちらから、非礼だけは謝りに行かねばなるまいと思っていたが、先を越されたようだ。義母の照れたようなふてくされた顔が浮かぶ。しかし僕には、それより先にちゃんと謝って気持ちを聞かねばならない相手があった。太郎の後を追って階段

に向かう。

「なあ、太郎。黙っていて悪かった、佐倉さんのことだが——」

階段を数段上りかけていた太郎はくるりと振り向いた。啓子譲りの黒目がちの目が大まじめに光っている。見下ろされて、成長した太郎に向き合ったかのような錯覚を覚えた。

その位置から太郎はいきなり爆弾を投下した。

「明日香ちゃんてええ人やん。お父ちゃん、あの人と結婚したら？」

「……いいのか」

爆風に息が詰まったような気分で、どうにかそれだけを聞いた。

「ええも悪いも。あんな美人、ちゃっちゃとツバつけとかな、だれかにとられても知らんで」

いつどこでどうやって、そんな表現を覚えたのだ。

「ありがとう。それなら早く藤村のおじいちゃんとおばあちゃんに謝って、ちゃんと説明して……」

「アホやなあ。先に行かなならんとこがあるやろ」

太郎は階段からひととびに跳び降りると、仮面ライダーの変身ポーズとおぼしきポーズをとった。それから僕の手を勢いよく引いた。

そうだ。確かに馬鹿――アホだった。ひげもそっていない、ゆうべからシャワーも浴びていないむさ苦しい姿でも、行かなければならないところがあった。

さくら書店はまだシャッターを降ろしたままだった。太郎は早くも勝手を知った様子で門を開いて路地に入っていく。僕にとっては初めての道だ。あの甘い香りが風に乗って漂ってきた。

桜の向こうの中庭のようなスペースは、それほどの広さではないはずだが、意外なほど大きく見えた。木や草花を巧みに配置してあるせいで、どこまでも続く森の一角がここに突然姿を現したような錯覚を覚えさせる。名前も知らない花々が地面に、あるいはプランターに、あるいはフェンスに這った形で、色とりどりに咲いていた。そうして明るい日差しのようにあたりを満たす香りの源は、やはり一本の金木犀だった。庭の隅に立つ、僕の背よりやや高いその木は全身にオレンジ色をまとい、まわりの地面もやはり、散った細かい花びらでオレンジ色に染まっていた。

いや、そんなことは後でわかったことだ。そのときの僕の目にまず入ったのは、ジョウロをもって緑の中にたたずむ華奢な姿だった。

「明日香ちゃん！　お父ちゃん連れて来たで」

太郎は僕の手を離すと明日香のそばに駆け寄った。——連れて来た、のか。思わず苦笑してしまう。この分だと太郎が全部用件を済ませてしまうのではないかと思ったが、わが息子はそこまで不人情ではなかった。

「あのな、お父ちゃんが言いたいことあるねんて。聞いたって」

それだけ言うと、明日香と手をつないで僕のほうを向いた。二人で僕が近づいていくのを待ち受けている。明日香はもう何もかもわかったように、優しい香りに包まれてほほ笑んでいる。

我に返ると、僕はまだ大家さんからもらった花を手にしていた。金木犀が咲く家に、金木犀を一枝だけ持ってくるなど間抜けな話だが——まあいい。プロポーズには花がつきものだ。

これが、僕ら親子が出会ったささやかな奇跡の顚末である。

兄貴の純情

窓枠から外れるほどの勢いで窓が開き、そこから大きくて黒い物体が突入してきた。

「弟よっ」

物体、もとい六つ上の兄貴は急制動をかけると、オレの前に立ちはだかった。いつものごとく、窓の外の物干し台に梯子《はしご》をかけてのぼって来たんだ。ジョギングに行くとさっき出かけた黒のジャージー姿のままで、くどいほど目鼻立ちのはっきりした顔と鴨居《かもい》を遥かに越すその身長は、本人にそんな気はなくとも威圧感を醸《かも》し出す。生まれるときにこの兄貴が、お袋の胎内から背丈とかバイタリティとか情熱とかの取り分を皆かっさらったんじゃないかとよく思う。ついでに自制心とか遠慮とかデリカシーとかは丸ごと残していったんじゃあるまいか。後に続くオレのために。

「弟よ、貴様、前島《まえじま》家の人々と知り合いであったのかっ」

息をはずませながらそう問いかけてきた。先日の舞台でついた侍《さむらい》口調がまだ抜けていない。

「前島？」

机について *Harry Potter and the Philosopher's Stone* を読んでいたオレは、一瞬ぴんと来なかった。頭の中で検索していたのが兄貴との共通の知り合い分野だったせいもある。本を伏せて見上げると、兄貴は嚙みつくような勢いで続けた。

「三丁目の信号を渡って二分ほど走ったあたりにある家だっ」

「ああ、それならよく知ってる。中一のときに担任してもらった先生んちだ」

「なんで隠しておったっ」

せっかちにたたみかけた挙げ句の失礼な言い草に、平均値より冷静といわれるオレもむっとした。

「隠すも何も、前島先生の話が兄貴の前で出たことないだろ。第一、オレの中学生活なんかに興味持ったこと、あるのかよ」

「おまえ、何をとんがってるんだ。思春期の青少年みたいに」

思わず荒くなったオレの言葉に兄貴は鼻白んだか、侍口調が抜けた。自分の椅子にどさりと腰を下ろす。……オレは十七歳、れっきとした思春期の青少年だっての。ため息を押し殺して尋ねる。

「まあいいよ。で、兄貴のほうこそどうして前島先生を知ってるんだ」

「いや、先に知ったのはその、先生のほうじゃないんだがな」

ここで急に奥歯に物が挟まったらしい兄貴の口から、事情を引っぱり出すのに多少時間がかかった。

小さな劇団に所属して役者を目指す兄貴は、舞台人には体力が必要と、劇団の活動や食っていくためのバイトの合間を縫ってトレーニングを怠らない。ジョギングにもちょいちょい出かけている。何週間か前のこと、今ぐらいの夕方時分に走りに出た兄貴は、気分転換にいつものコースを変えてみた。三丁目の信号を渡って少し、門の前にオレンジ色のいい匂いの花が咲いた木がある家（「金木犀《きんもくせい》っていうんだ」とオレは教えてやった）の前を通りかかったとき、若い女性と女の子が犬の散歩に出掛けるところと出くわした。

「それで」

「いや俺、犬好きだろ。思わず『いい犬ですねえ』と一声かけた。あれはレトリーバーっていったかな、おとなしくて賢そうで」

「それで」

「それでって、それだけだ。そのときは」

その後偶然にも（と兄貴は強調した）同じ時間帯にその家の前を通ることが重なって、何度かに一度、その二人と犬に会うようになった。少しずつ言葉をかわすようになり、最近では散歩にしばらく付き合ったりもするという。トレーニングになってんのか、こら。

「メグミちゃんていうのか、あのちっちゃいほうの女の子。かわいい子だな」

「芽久美ちゃんは、木の芽に久しいに美しい。美枝子《みえこ》さんは、美しいに木の枝に子供の子」

二人の名前の漢字を教えてやりながらちらりと兄貴の顔を見た。改めて、この男は役者には向かないと確信した。

「そっ、そっそそ、そうか。どっどど、どっちもいい名前だ。本当に芽久美ちゃんはいい子だよ。母親を亡くしてるんだろ」

「そんな話までするほど親しくなったのか」

「いや、何かのついでに、『ママのお墓参り』って話が出ただけだがな。彼岸のすぐ後のことだったたから。根掘り葉掘り聞くのもアレなんで黙って聞いていたが」

「担任してもらってたときより後だったなあ、中三の頃だったか。急な病気だったみたいで、それでその後……」

「いや、皆まで言うな。ご家族もさぞや大変だったことだろう」

兄貴は沈痛な表情で手を振った。指は舞台の名残りの包帯と絆創膏だらけだ。

「それなのに芽久美ちゃんは、暗いところもなくすくすく育って……」

「それは偏見」

「そうか。そうだな。えーと、幼い子供にとって母親を失うということは、経験のない者には想像もつかないほど寂しいことに違いない。しかしそれにもかかわらず芽久美ちゃんが、そういう寂しさを傍から見た者に窺わせないことについては、もちろん周囲の配慮もあってのことだろうが、やはり本人のがんばりを率直に評価しなければならないのではないかと、俺はかく考えるわけで」

わかったわかった。それにしても、七つの子供が煙幕になると本気で思ってるわけじゃあるまいな。

「こないだは日曜日だったから、パパさんのほうとも会ったぞ。あの人も偉い人だ。男手一つでの子育てがどんなに大変だったか、同じ男として痛いほどわかる。それなのに苦労が顔に出ていないな、歳よりずいぶん若く見えるんじゃないか」

風来坊一歩手前のような人生送ってるくせに、何が「同じ男として」だ。それにしても、テンスケはどっちかというと歳よりしょぼくれて見えると思うが。あ、テンスケってのが、オレたちの間での前島センセイのあだ名ね。ファーストネームの「典介《のりすけ》」を半端に音読みしたものだ。

「犬の話も子供の話も先生の話もわかったけどさ。わざと美枝子さんの話、避けてないか」

「な、なっなな、何を言う。いやあ、あの人も立派じゃないか。あの若さで芽久美ちゃんの母親役をしながら、うちを切り盛りしてるわけだろ」

「うん、まあそういうこと」

「さすがだな。だからだろう、こちらは歳よりしっかりして見える」

へ？　美枝子さんのほうはずいぶん若く見えると思うがなあ。まさか別の前島家があるんじゃなかろうな。そう言うと兄貴は自信たっぷりに否定した。

「そんなはずはない。今日会ったときお前の話が出たんだから。改めて自己紹介したら、美枝子さんが『四丁目に住んでいらっしゃる近江《おうみ》さんなら、洋二《ようじ》くんのお兄様？』だと」

「はあ、納得。それでさっきの『なんで隠してた』につながるわけね。はいはい」

テンスケとは妙にウマがあって、近所でもあるし、中学を卒業してからも遊びに行ったりしてたからな。美枝子さんもオレのこと知ってくれている。

「それにしても、あのままじゃなあ。あの人がかわいそうだ」

兄貴が柄にもなく深刻な顔になる。

「そりゃ、かわいそうって言えないこともないけどさ。でもあれで十分幸せそうじゃん」

「お前はクールだのう」

「その家その家の事情ってことさ。他人がどうこう言うべきじゃないと思うな」

兄貴は世にも恨めしそうな顔をする。「可哀想だた惚れたって事よ」とおっしゃったのは、夏目漱石先生でしたかね。そういえばテンスケに教わったんだよな、これ。Pity's akin to love はこんなふうに訳せるんだって。

「それで」

「それでって」

にぶい兄貴が目をぱちくりさせているので、オレはいきなり切りつけてやった。

「美枝子さんに惚れたのかよ」

「きっ、きっきっきさまっ、何を言っておるのであるかあっ」

お。侍に戻った。

「でも兄貴、いくら何でもそれはやばいだろ。大体……」

「おおっ。今日は先日の舞台の事務処理があったのだったっ」

兄貴は椅子を倒して立ち上がると、着替えをするつもりらしく隣の寝室へと駆け込んだ。引き出しを派手に開け閉めする音を聞きながら、オレは再びため息を嚙み殺した。あの男も惚れると見境がないからなあ。少し前まで女優の中山忍に本気で惚れ込んでいて、寝室の窓から「ああ忍さん。いつかきっとおそばに行きます」と月に向かって吠えていた。やかましいったらない。しかもおそばに行くために、テレビ番組関係のオーディションを片っ端から受けまくり始めたのだから、何をか言わんやである。ま、それほど経たないうちに熱がさめたようで、「俺は所詮舞台を離れられん人間よ」とうそぶいていた。オーディションをすべて落ちた後だったから、負け惜しみととられても仕方ない。

そういえば美枝子さん、少し中山忍に雰囲気の似た美人だ。でもやっぱりなあ。まずいだろう彼女は。

もうひとこと言ってやろうと思っていたのだが、テキもその気配を察したのだろう。ふすまが開いたかと思うと大砲の弾のような勢いで部屋を突っ切り、窓を開けて物干し台へと飛び出していった。ああまったく、騒々しい男だ。


数日後の日曜の朝。ふすまを開けて、オレは目を疑った。

「何やってんだよ、兄さん」

「おお、そこに見ゆるは弟ではないか」

兄貴は机に向かって背を丸め、包帯と絆創膏だらけの手で本をめくっていた。異様な光景ってほどじゃない。ただし、この男が机についているところを見たのは実に十数年ぶりだってことを勘定にいれれば、かなり異常な事態とはいえるよな。

「次は学生の役でもついたの」

「貴様、俺の頭には芝居のことしか入ってないと思っておらんか」

「思ってるんじゃない。知ってる」

「わはは。ごあいさつだのう」

兄貴は豪傑笑いをしながら、本を閉じてのっそり立ち上がった。またすっかり侍に戻っちまって。

「さて、そろそろ口を糊《のり》しに行かねばな。さらば、また会おうぞ」

現代語訳。ファミレスでのバイトに出掛けるのだ。兄貴はそのまま窓の外の物干し台に出ると、引っぱり上げてあった梯子をがたごとと下ろした。長太い足を持て余しながら手すりを乗り越える、侍が盗っ人に身を持ち崩したようなその姿を、オレはしばし合掌して見送った。

それから机の上に置き去られた本を手にとってみる。へえ、『公務員試験問題集』だよ。次の役は公務員だな、それじゃ。オレとしたことが、そのときは本当にそれしか思いつかなかったんだ。

「あれ、濤一《とういち》がいたんじゃないかい」

洗濯かごを抱えたお袋が足でふすまを開けて入ってきた。器用なものだ。

息子たちのスペースである二階の三部屋は、寝室が一つずつ。物干し台に出るとき必ず通らねばならない真ん中のこの部屋は、小学校時代から兄貴とオレと共用の勉強部屋である。もっとも兄貴にとって勉強部屋は有名無実、舞台にバイトに酒にと忙しいこの頃は明け方まで帰らないことも珍しくないほどだから、オレ一人でゆうゆうと使わせてもらっている。

表紙を下に本を置きながら、

「ついさっき出てった。バイトだってさ」

そう答えておいた。

「ふうん。まあいいわ。黒板に何も書いてなかったから、夕飯はいらないんだろ。ちょっとごめんよ」

お袋は部屋を突っ切ると物干し台に出た。心配しても仕方ないと、とうの昔に悟った母親なのだった。

「オレも出かけてくる。昼には帰るから」

兄貴がちゃらんぽらんな奴だと弟は二人分気を遣うことになる。どうもわりを食っている気が、最近とみにする。それでも習慣というもので律義にそう声をかけて、財布を自分のほうの机から取り上げた。

髪をポニーテールに結んだ美枝子さんが、庭先にしゃがんでチューリップらしい球根を植えていた。小春日の日ざしがそこだけひときわ暖かく見える。

「こんちは。先生いますか」

「あら、洋二クン。敬語が間違ってる」

年上美人に弱いオレは頭をかいて言い直した。

「前島先生いらっしゃいますか」

「よろしい」

美枝子さんは物分かりのいい姉のようににっこりすると、立ち上がった。

「久しぶりね。どうぞ入ってちょうだい」

「先生、お忙しくないですか」

美枝子さんはころころと笑いながら、先に立って玄関に向かった。

「そんなふうに気をつかうなんて、洋二クンも大きくなったのね。今日はのんびりしてるから大丈夫よ。遊びに来てくれたの」

「いや……進路について少し相談したくて」

これ、本当。兄貴のことで探りを入れたい気もあったけどさ。それにしても十七の男をつかまえて「大きくなった」はないだろう、と少々クサる。

「ここのところ兄貴がときどき」

会いに来ている、と言いかけて危うく踏みとどまった。

「このあたりを通るそうですね。先生たちとも会ったって言っていました」

そうそう、と美枝子さんは楽しそうだった。悪い印象は持たれていないみたいだ。

「初めてお目にかかったのは、犬の散歩に出かけようとしていたときだったわ。門の前に背の高い人がいるでしょう。目が合ったら『いい犬でありますね。それがし怪しいものではありません、この先に住まう者で』なんておっしゃって、すごい勢いで走っていかれたけど。ユニークな方ね」

オレは恥ずかしいよ。玄関に入ると、爽やかな香りが迎えてくれた。

「あれ、金木犀……じゃないですよね。季節は過ぎてるし、香りも違う」

「まあ、気がついてくれて嬉しいな。センセイなんて、毎日見ていても咲いたことに気づかないのよ」

そりゃまあ、こう見えても二人分デリカシーを背負った男ですから。美枝子さんの視線の先、靴箱の上に鉢植えが置いてあった。暗緑色の葉にも茎にも細かい毛がみっしり生えている。丸く群がって咲いた小花は地味な紫で、お世辞にも華やかな植物じゃない。けれどその花から立ちのぼって玄関を満たす芳香には、どんな豪華な花にも負けない存在感があった。きりっとした感じの香り、というのかな、目の前の女性がもつ雰囲気に似ている。

「ヘリオトロープっていうのよ。聞いたことある？」

「名前だけは知ってます。そういえば……」

「おねーちゃん、その人だーれ？」

元気な声に顔を上げると、廊下の突き当たりからふわふわしたものが顔を出していた。白いカーディガンを着た芽久美ちゃんだった。

「パパの教え子さんよ。近江洋二お兄ちゃん。前にも来てくれたことあるけど、覚えてない?」

芽久美ちゃんは真面目くさった目でじっとオレを見てから、

「ぜんぜん」

と首を振った。このガキャ、と思ったが、前に顔を合わせたとき相手は幼稚園児だったのだから仕方ない。

なけなしの小づかいから買った手土産のケーキを美枝子さんに渡していると、くだんの「パパ」こと前島典介氏が、芽久美ちゃんの出て来た部屋から続いて現れた。「やあ、近江」と片手を挙げるその姿は、まだそれほどの歳でもないのに、やっぱりえらくしょぼくれている。これで今どきの中坊に抑えがきくとはとても思えない。とか言いつつ、何かあるとこの先生に相談したくなるのは自分でも不思議なんだけどさ。

英語教師らしく横文字の本だらけのテンスケの書斎に通されてすぐ、美枝子さんが「お持たせですけれど」と言いながら盆に載せたお茶とケーキを運んでくれた。芽久美ちゃんも一緒に入ってきて、美枝子さんにつきまとっている。

「駄目よ、芽久美ちゃん」

「だっておねーちゃん、あたし、残ってるケーキよりこっちが好きー」

と、オレの皿の上のイチゴショートを指さす。

「これっ」

先生と美枝子さんとで揃ってたしなめるが、居心地の悪いのはオレだ。

「いいんですよ。これは芽久美ちゃんにあげよう」

皿を芽久美ちゃんのほうに差し出した。

「ありがとう、おにいちゃん！　それじゃ、お礼に後でデンスケ見せたげるね」

芽久美ちゃんは皿を受け取ると、おさげを揺らしてぱたぱた出ていった。

「デンスケって犬の名前ですか」

偶然なのかどうか、パパさんのあだ名と似た響きに内心首をすくめながら聞いてみる。

「ええ。最近飼い始めたレトリーバーなの。事情があって飼えなくなった方からいただいたからもう成犬なんだけど、気だてがよくてすぐ家族の一員になってくれたわ。……本当にごめんなさいね」

すぐ代わりのケーキを持ってくるから、と美枝子さんは部屋を出て行った。

「どう、調子は」

テンスケがいつものように尋ねた。当たり前のことを当たり前に言うだけだが、この先生の言葉を聞くと、何かこう、ほっと肩の力を抜きたくなる。

「まあまあです」

「高二の秋ともなると、勉強が忙しくなる頃だな」

「うん、実はそのことなんですけど。進路をそろそろ考えなくちゃならなくて……」

「おにいちゃんおにいちゃん！」

すぐ背後から呼ばれて紅茶を噴き出すところだった。振り向けば芽久美ちゃんが、書斎のベランダからこちらをのぞき込んでいる。手に握った綱に引かれているのは、後ろ足で立ったら芽久美ちゃんよりも高いだろう茶色い犬だった。悲哀の色を浮かべた目でおどおどと少女に付き従っている。

「これ、デンスケ！　お手するよ！　お座りもするよ！」

「すまないねえ、やんちゃな娘で」

テンスケが目尻にしわを寄せた。いやもう勘弁して、先生。犬と似すぎてて笑えんし。

翌日の月曜日、学校から帰ると兄貴はまた家にいた。今日も机に向かって例の本を開いている。

「役作りに熱心だねえ」

半ば呆れながら、自分の椅子に座ってそう声をかけると、

「何のことだ。次の公演はまだ決まっておらぬぞ」

そんな返事だった。はは、まだ侍が抜けてないよ。

……って、待て。ちょっと待て。役作りでなくて、机に向かって本を読んでいるのか？

突如、世界観がくつがえるような気分に襲われた。いやおおげさじゃなくて。

「おい兄さん、悪質なジョークはよそうな。たとえばあと一週間で世界が滅びると騙されて、やけになって財産を使い果たしたあと、あれは嘘でしたゴメンと謝られたって許せるわけがないだろう。それと同じで、冗談には限度というものがあって」

「貴様は何の話をしとるのだ。俺は勉強で忙しいのだから、わけのわからないことで邪魔しないでくれぬか」

勉強で忙しい勉強で忙しい勉強で忙しい。頭ん中エコーがかかったよ。この言葉を数年前に聞いていればお袋も親父もどとーの嬉し涙を流したことだろうが、今なら天変地異の前触れかと疑うだろう。二人ともこの数年で、濤一に堅実な暮らしを望むのが間違いと悟りを開いたのだ。

兄貴が友人に誘われて小劇場の芝居を見に行ったのが高三のとき。当時まだ小学生だったオレは詳しく知らないが、それがよほど感動的だったらしい。兄貴はその場で舞台というものに夢中になった。「深みにはまる」という表現があるが、それまでは演劇の世界にひかれる何の前触れもなかったみたいだから、いわば道路を歩いていていきなりマンホールに落っこちたようなものだろう。翌日担任のところに行って「俺もう進路指導はいりません。演劇の道に進みますから」と宣言したというあたりは、小学校の通信簿に「決断力は豊かですが判断力に欠ける」と書かれていた兄貴の面目躍如《めんもくやくじょ》たるところだ。かくしてその後の兄貴は、受験も就職活動もすべて黙殺。高校卒業と同時に自分を感動させたその劇団の門を叩き、入団を許可された。言うまでもないが、家庭内は大騒動だった。両親とも舞台や演劇にまったく縁はない。親父はサラリーマンだが、職人気質を色濃く残した機械技師、お袋はパートで家計を支える昔ながらの主婦。息子が「食べていけないのが普通」という道を選ぶのを喜ぶわけはない。お袋は泣く親父は怒る、下の息子のことはそっちのけ。オレが判断力豊かで決断力に欠ける性格でなければ、難しい年頃だっただけに必ずやグレたに違いなく、不幸な家庭の見本、一丁あがりとなるところだった。兄貴には自分の幸運を感謝してほしいものだ。自分の情熱のせいで一家崩壊した日にゃ、いくら何でも寝覚めが悪かろう。

とにかく兄貴は、家族の心配をよそにマイウェイを驀進《ばくしん》した。バイトに明け暮れて金を貯めては公演に打ち込む、でまたバイトに明け暮れては公演に打ち込む、という生活がそれ以来ずっと続いている。家を出ることも検討したらしいが、昨今のバカ高い家賃を鑑《かんが》みてそうしないほうが得策だと判断したらしい。その後は家庭を平和に保つ方向に少し頭を使うようになり、曲がりなりにもちゃんと生活しているというデモンストレーションを始めた。バイト代からうちにわずかでも家賃を入れる、食事をうちでとるときはあらかじめ、どっかから拾ってきて台所の壁にかけたホワイトボード（お袋はつい「黒板」と呼んでいるが）に書いておいてそのつど食費を払うなど——このあたりの呼吸は劇団の先輩に教わったらしい。経験者だよ、みんな。夜更けや明け方に帰ってきて両親との衝突のきっかけを増やすのも馬鹿馬鹿しいと、物干し台に梯子をかけてそこから出入りする習慣がついたのもその頃だ。兄貴オリジナルの作戦であるこれは、どっちかというと近所に怪しまれて逆効果だったような気もする。それでもそんな日々の続くうちに、泣き疲れ怒り疲れ、あきらめのいい江戸っ子である親父とお袋は、やがて「一風変わった下宿人を置いている」ぐらいの気分になったようだった。

そういうハタ迷惑な情熱野郎が、芝居とは関係ない勉強を始めたという。それも公務員試験問題集。天変地異の前触れだと思ったたって無理はないだろう。アイデンティティ・クライシスを起こしそうなオレが心配になったのか、兄貴はえらく真剣に、まるで常識人のような口調で言うんだ。

「俺もなあ、男として、そろそろちゃんと身を固めることを考えようと思ってな。安定した職はやっぱりあったほうがいい。だが世は不景気だ、特に資格もない俺にすぐいい口があるとは思えない。かといって今から大学に行き直すのも時間がかかる。それなら地道に勉強して、公務員試験を目指すのがいいかと思ってな」

うう。危機《クライシス》高まる。これがあの、石橋があっても飛び越えて渡るほうを選ぶ、近江濤一の台詞《せりふ》かよ。しかしここで兄貴は、いかにも近江濤一らしい台詞を朗らかに付け加えてくれた。

「まあ、自分の役者としての才能が、惜しくないことはないんだがね」

嘘をつけえっ。お前はセントバーナードが室内犬に向いてないくらい、役者には向いてないっ。

これまでずっと裏方だった兄貴は、つい先日、入団後五年目にして初めて役をもらった。脇役ではあるが刀を使った立ち回りもあった。手指に巻いた包帯や絆創膏はその名残りである。立ち回りの稽古のとき、どうしても刀が当たってしまうらしいのだ。「ケガするほうが下手」が団員内の合言葉だったそうだから厳しい世界だよ。

両親は公演中日《なかび》に、兄貴に内緒で見に行った。舞台がはねた後、入り口でのあいさつに出た兄貴に親父が一言「よくやった」、お袋がその脇でそっと涙を拭う――ってことになれば美しかったんだがね。その日の舞台に兄貴は出ていなかった。いきなり降ろされてやがんの。

オレもそんな予感はしていたから、両親には「できれば見に行かないほうが」と言ったんだがね。初日に見に行ったからさ、兄貴にチケット買わされて。「身内から金とるのかよ」と言ったら、「身内なればこそ遠慮なく金をとれるのである」と、理屈に合うような合わないような返事が返ってきた。まあそれはともかく、初日。兄貴は出て来るやいなや自分の着流しに足をとられてよろめく、人の袴《はかま》の裾を踏んでつっころばせる。至るところに手や頭をぶつけるわ、足元では始終何かを踏み抜くような不気味な音が響くわ。あげく、立ち回りのときは相手役がマジびびってるのがわかるんだ。兄貴があんまり下手くそなんで、合わせようがなくて怖かったらしい。で、またでかいだろこの男が。へまをやるたび象が立ち往生してるみたいに目立つんだよな。

生来不器用なのは知っていた。幼稚園のお遊戯の時間にとうとうスキップができなかったことを盾にとってお袋が劇団入りに反対したとき、兄貴は「スキップするため役者になるわけじゃない」と論点をすりかえて応じたものだったが、やっぱりこういうことって

〝一事が万事〟というやつだよ。それでも稽古のときはそこそこにこなしていた、とは本人の言うことだ。ところがいざ本番となったとき、まるで腹のあたりを天使の羽根でくすぐられているような気分になったとか――日頃は鋼鉄製ワイヤーロープのような神経をもつ兄貴がここまで本番に弱いとは、本人にも演出さんにも予想外だったようだ。こんな兄貴に役者の才能があるなら、セントバーナードを室内犬どころか手乗りに育てて見せらあ。

呆れたせいで頭が冷えた。冷静になってようやく思いついたことがある。

「兄さん、さっき『身を固める』って言ったよな」

兄貴は夜道で背後から呼び止められた女のコみたいな顔をした。

「ん、そうか？　いや、嫁をもらうとか、そういうこととは違うぞ。一般的に、ちゃんと生活の地固めをするってくらいの意味だったんだが」

「ならいいんだけどさ。もしや、美枝子さんに駆け落ちしようって持ちかける気じゃないかと」

真剣に惚れたから今までの生活を変えようと思ったんじゃないか――美枝子さんをかっさらって地道に暮らすため、安定した就職を考え始めたんじゃないか、そう思ったわけだが、兄貴は本気で腹を立てたようだった。椅子の上でがばっと身を起こす。

「洋二、言っていいことと悪いことがあるぞ。俺がそんな、人の道に外れたことを考えると思うのか。美枝子さんにだって失礼だ。取り消せ」

「ごめん。僕が悪かった」

オレは内心ほっとしながら速攻で謝った。良かったよ。もしそんなことになったらオレ、テンスケにあわせる顔がない。昔気質の親父とお袋だって、この町にいられなくて夜逃げでもするよりなかろう。兄貴の情熱のせいで今度こそ一家離散、てところだった。――でもまあ、当たり前だよな。確かに無鉄砲で向こう見ずで能天気で考えなしで見境なしで判断力のない兄だが、やることはいつも正攻法だもんな。それと承知で非道を働くような奴じゃない。それに第一、美枝子さんがついて行くわけがないよ、うん。杞憂《きゆう》ってもんだった。兄貴がそのへんちゃんとわきまえているなら、どうこう言う必要はない。

兄貴はすぐに機嫌を直した。

「まあしかし、何だな」

背もたれに寄りかかり、指の絆創膏を剝がしながら言う。

「あそこのパパさんと、ちゃんと向き合える男にゃなりたいと思うよ。ほんの一、二回、あいさつした程度だけどな。でもあの先生見てると、なんて言うか……奥さんに先立たれたり、一人で子育てするはめになったり、望んでもいない苦労をじっと背負ってきたわけだろ。あいてて」

包帯を外すのは少し早かったらしく、兄貴は顔をしかめて人差し指の関節を吸った。オレは立ち上がり、棚の救急箱を取りに行った。兄貴はその間も話し続ける。

「俺なんて自分の夢ばかり追いかけて、好きなことばかりやって、まわりのことは全然考えないでさ。ああいう人にはどこかかなわないよな。そんなことを最近思うわけだ」

ふうん。それで公務員試験、ねえ。そういやテンスケ先生も、身分としては公務員だもんな。単純だよな。わかりやすくていいけどね。絆創膏の包み紙を剝がして渡してやりながら、オレは言った。

「それ、今度いっぺん、うちの親父とお袋にも言ってやりなよ」

「ああ、そのうちな」

兄貴はにやっと笑って指に新しい絆創膏を巻くと、立ち上がった。

「さて、ジョギングの時間だ」

「あ、兄貴」

オレは呼び止めて、机の上のコップにさした花を指さした。

「これ知ってる？　前島先生んちで咲いたヘリオトロープ。キダチルリソウとも呼ぶんだってさ」

美枝子さんが前日、帰りがけに切って持たせてくれたものだ。おかしなところで国粋主義者である兄貴は顔をしかめた。

「何だその、風船だか胃潰瘍の原因だかみたいな名前は。紫だからルリソウ、立派な日本語の名前があるならそっちで呼べばいい」

「もともと日本の原産じゃないそうだぜ」

「郷に入っては郷に従えと言うだろ」

「美枝子さんはヘリオトロープって名前、好きだそうだ」

「そうかそうか、可愛いお花さん、君はヘリオトロープというのか。いい名だなあ」

国辱なみに変わり身の早い兄貴は、毬《まり》のように固まった小さな花に顔を近づけた。清々しい香りが鼻を刺激したか、大きなくしゃみを一つ。

「昨日もらって来たんだ。兄さんによろしくってさ。会ったらお礼を言っといてくれよ」

兄貴がふやけたような笑顔で出ていった後、オレはしみじみヘリオトロープを眺めた。

ヘリオの語源は「太陽」で、トロープは「向く」って意味。いつも太陽のほうを向いているという言い伝えから名付けられたと、これも中学時代にテンスケ先生から教わったんだった。目標のほうをまっすぐ向いて生きるってのは素晴らしいことだと言ってたっけ、あのとき。美枝子さんも中学生の頃そう教わって、この花が好きになったそうだ。なのに本物の花が身近で咲いてても気づかないってあたり、いかにもテンスケらしいや。

数日後。

「うおほーい。ようじぃ」

窓の外から押し殺した叫びが聞こえてきて、オレは飛び上がった。本に夢中になって起きていたが、もう夜中の一時だ。

窓を開けると物干し台の向こうに、月光に照らされぴかりと光る角《つの》のようなものがのぞいていた。人間、理解できないものを目撃すると現実逃避に走る。すべてを見なかったことにして寝ちまおうかと思ったが、謎の物体がまた声を発した。

「ようじぃ。助けてくれい」

あらら、兄貴だよ。物干し台を踏んでおっかなびっくり近づいてみると、角らしきものは兜《かぶと》の前面に突き出た金属の部分、確か鍬型って呼び名の、あれだった。兜にはもちろん兄貴の首がはまっていて、首は体に続いている。兜をかぶった兄貴は、物干し台にかけた梯子のてっぺん近くでじたばたもがいているのだった。ここまで登ってきて足を踏み外したらしく、片手一本で梯子の横木につかまっている。うわあ。ご丈夫。

オレは慌てて手すり越しに手を伸ばした。古い木の手すりはみしりと嫌な音をたて、ここで死んだら生涯兄貴に祟ってやろうと瞬時に決意した。祟ろうにも死ぬときは一緒という体勢じゃあったけれど。

「兄さん、手、そっちの手！　ちゃんとつかまって！」

近所をはばかって、オレもひそひそ声で叫ぶというややこしいことをした。兄貴のもう一方の手にはコンビニの袋とおぼしき白いビニール袋が握られている。結構重さがあるようで、兄貴はうぬおおおお、とうめき声をあげながらその手を持ち上げた。袋を確保しておいてから兄貴の手に横木を握らせる。袋の中身はかなりの本数の缶ビールだった。

ようやっと這い上がってきた兄貴の格好を見て、オレはある意味感心した。兜をかぶって、服の上から着物を着て、帯にはご丁寧に刀まで差している。思い切って傾《かぶ》いたものである。しかも酒臭い。よく店がこのうえ酒を売ってくれたと思うよ。後で聞いたら、稽古場近くの劇団みんなが行きつけにしているコンビニなので、まあたいていのことには驚かれなくなっているそうだ。

部屋に入って兜を脱ぎ刀を外し、着物からもぞもぞと抜け出した兄貴は、酒臭いため息をついた。ここまで酔っているのも珍しい。もともと強い体質ではあったが、劇団では何かと飲む機会が多いものだから「抗原抗体反応でますます強くなった」と本人が言っていた。それ多分間違ってる、生物学的に。

「どうしたんだよ一体。水でも持って来ようか」

「いんや。まだまだ。お前も一緒にやろう」

兄貴はビニール袋から缶ビールを取り出した。

「そんなに酔ってるくせに」

「いいから飲めっ」

「オレ未成年だよ」

「いいから飲めっ」

「あのねえ」

「いいから飲めっ」

「人民の人民による人民のための」

「いいから飲めっ」

話の通じない酔っ払いだ。明日は土曜で休みだから、形だけ相手をして寝かせよう。両親に見とがめられるとやばいんで明かりを消して、暗い中、ひそひそ声での酒宴とあいなった。カーペットの上にタオルを敷いておいて、噴き出す泡にめげず乾杯。

「思い切ってやってみれば、簡単なことだよな」

一気に缶を空にした兄貴が、脈絡もなくそう言った。

「何が」

「いや、まあな。知ってのとおり、俺ってけっこう悩み多きタイプだろ」

「諸人こぞりて否定すると思うぞ、その言葉」

「ははは。表現者のクノウは、人に理解されんものよ」

兄貴はしゃっくりまじりに言いつつ、空の缶を握り潰して背後に放り投げた。缶は置き捨ててあった兜に当たって固い音を立てた。驚いたようにゆらりと振り向いた兄貴は、酔っ払いらしく急にはしゃぎ始めた。

「おお、これなっ、これ。いらなくなった小道具。こないだの舞台で使ったやつ。記念にくれるってさ。いいだろ、これ特に。この刀」

身につけて帰ったものの山から、兄貴は刀を取り上げて鯉口を切った。やめろ頼むから、とオレは穏やかに、しかし断固として刀を奪い取った。もちろん本物の刃はついちゃいないが、金属の棒ってだけで振り回されれば危ない。酔っ払いは割合素直に手を放した。鞘に収めるとき、舞台で酷使された刀身が刃こぼれして、まるでのこぎりのようになっているのがわかった。時代劇の主人公が、何十人を相手にしても何の問題もなくすらすら叩っ斬っていくの、あれ絶対ウソだね。その間も兄貴は急ピッチで空き缶を製造し続ける。

「やー、あっさりしたもんだよ。あれだけのことだったんだ。長いこと長いことながーいこと、うじうじしてさ。あるかないかわからない才能なんぞにしがみついてさ。一言ですむことだったんだ。簡単だな。簡単ですよあなた。ふう」

兄貴はわけのわからぬことをぶつぶつ言っていたが、急に背筋をしゃんと伸ばした。

「洋二。この前美枝子さんに聞いたんだが、お前、何か進路について相談に行ったんだって？」

オレはビールの苦さのせいだけでなく、顔をしかめた。ちっ、美枝子さんのおしゃべり。でも、仕方ないか。兄貴にお礼を言っておけと教えたのはオレだもんな。当然オレが訪ねたときの話になるはずだ。黙っていてくれと頼んだ内容なら漏らすような人じゃないが、進路相談に行ったくらい、本来内緒にするほどのことでもない。

「どうだっていいだろ、そんなこと」

「まあそう言うな。悩みがあるなら聞かせてみろよ」

「聞いたって仕方ないじゃないか」

「バカ。これでも人生の先輩だぞ。アドバイスの一つもしちゃる」

「先輩らしいところ見せてから言ってくれ、そういうことは」

「見せてやろうと思って言っとるんじゃないか。いいからにーちゃんに話してみなさい」

「……そんなら教えてやるよ」

「あ、やだね。目がすわってる」

兄貴は急に逃げ腰になった。ああそうだよ、ビールがまわってきやがったのさ。

「アドバイスってさ、大体兄さん、オレの希望進路知ってんの？　考えたことあるのかよ。ないだろ。いつも自分の夢にまっしぐらだもんな。オレはね、翻訳の仕事、やりたいの。最近はやりのハリー・ポッターシリーズって知ってる？　知らないよな。いいんだよ別にそんなことは。んじゃドリトル先生は？　シャーロック・ホームズは覚えてる？　兄さんが昔、オレに話してくれたんだぜ。こんな面白い話があるって、身振り手振りで演じながら、さ。あの頃兄さん、うまかったよ。はは。面白かったよ、うん。とにかくああいう、外国のいい話、自分で見つけて、それを訳して、読んだ子供たちが一生、ときどきそれを思い出してくれりゃいいなって思うんだ。だけどね、知ってる？　翻訳の仕事ってなかなかモノにならないんだぜ。百人志してデビューできるのは一人とかって。デビューしたってまたこれが儲からないんだ。息子が二人とも、食べていけるかどうかわからない道に進むなんて、親父やお袋に言えるかい？　え？　せめてオレくらい、安心させてやりたいよ。そこそこ学校の成績いいんだぜ、オレ。知ってる？　その気になりゃ堅いとこ、就職できると思うさ。それなりの大学の、就職しやすい学部選べば。そうするつもりだったんだよ。だけどさ。どうしてもそうするの、嫌になっちまったんだよ。親父やお袋のために、自分の将来決めるの、嫌になっちまったんだ。なあ、兄さん、オレって親不孝？　それじゃ兄さんは？　兄さんが堅い生き方してりゃ、オレのほうは夢食って生きたっていいと思うけどな。兄さんはさ、自分の道を自分だけで歩いてるつもりかもしれないけどさ、周りにはほかの人間だって歩いてて、兄さんがずかずか歩くせいで行きたいコースからよけなきゃいけないこともあるって、考えたことあるの？　早いもん勝ちかよ。やったもん勝ちか」

「お前、酒癖悪いなあ。それは八つ当たりというもんだぞ」

兄貴は心底閉口した顔で、オレの手からビール缶をもぎとった。どうせ空だ。ふん。

「苦労かけたんだな、洋二」

……んあ？　初めて聞くような静かな声に、オレはぐらぐら揺れる頭を苦労して押さえながら、兄貴を見た。不精髭が伸びかけたくどい顔だちだが、目はきれいに澄んでいた。

「俺な、劇団やめたんだ」

酔いで靄《もや》がかかったような頭にも、その言葉ははっきりと響いた。

「代表にもちゃんと言ってきた。長々お世話になりました。嫁入り前の娘だね、まるで」

兄貴は照れたように小さく笑って、すぐ真面目な顔に戻る。

「俺が今まで夢を追っかけていられたのは、たくさんの幸運に恵まれてたからだとわかってる。いや、最近わかった気がする。どうしてすんなり賛成してくれないんだって、親父たちに腹を立てたこともあったけどな。たとえば親父が病気で倒れてたら、お袋が霊感商法にだまされて借金背負ってたら、お前が犯罪常習者にでもなっていたら、俺だっていつ芽が出るかわからない役者修業なんてやってられなかったはずなんだ。夢の周りにいる者は、たとえ本人がそれを望んでなくても、知らず知らずに手を貸してくれてるものなんだ。それを忘れたらバチが当たる。感謝している」

兄貴は新しい缶を開けながら、今度は厳しい表情になって続けた。

「だから偉そうなことは言えた義理じゃないが、これだけは言わせろ。人間ってのは自分勝手なもんだ。人のためと言ったって、たいていは自分のために行動してる。誰かのために何かをするのは、その人が悲しむのを見ると自分がつらいからだ。その人が喜ぶのを見ると自分が嬉しいからだ。それでいいんだよ。ただそれを忘れちゃいけない。忘れると、自分はアンタのためにこんなにやってあげたって優越感が生まれる。なのにアンタは返してくれなかったって恨みが残る。馬鹿な話だ。お前がもし、親父やお袋のために安定した道を選ぶってのなら、それは親父たちのためじゃなく、親を心配させるほうが夢をあきらめるより辛いからだってこと、絶対に忘れるな。それはそれでいいんだ。人間として立派な選択だ。だが、自分が犠牲になるという気持ちが残るようなら、そっちを選ぶのはやめておけ。恨みを抱いて生きる人生ほどつまらないものはないぞ」

へへーんだ。ほんとに偉そうでやんの。テンスケもこないだ同じようなこと言ってたっけ。人のために選ぶのはやめろって。全然違う二人なのに、変なとこで似てんな。

「そう言う兄さんはどーなんだよ。夢をあきらめるんだろ。恨みは残んないのか」

自分でプルタブを開けるのさえ億劫になっていたオレは、兄貴が缶を置いたすきに素早く奪い取って一口飲んだ。ビールは人生のように苦いって、ちょっと前のコマーシャルにあったなあ。うまいこと言うよ。兄貴はこらこらと缶を奪い返してから、きっぱりと答えた。

「もちろんだ。俺はあのひとを幸せにしたいから、別の道を選ぶ。あのひとのためなんかじゃない、俺がそうしたいからだ。自分のためだ」

まぶたがどうしようもなく重くなっていた。今の一口がとどめだったみたいだ。たまらず寝転ぶと、すうっと意識が遠のく。あのひとって誰だ、幸せにしたいってどうするつもりだ、そんなことなど考えるゆとりもなく。

ただくっきりと心に刻み込まれたのは、窓から差し込む月光を浴びた兄貴の目が、まるで濡れたように光っていたこと。そして「でもほんとは、シバイ、やめたくないよ」という、魂を絞り出すようなつぶやき――。

すっげー気持ちわるー。

翌朝感じたのはまずそれだった。勉強部屋の床で服を着たまま、それでもタオルケットにくるまっていたのは兄貴がかけてくれたからと見える。兄貴はもういなかった。さすが日頃の鍛え方が違う。

階下《した》に下り、いつもの倍量の練り歯磨きをつけて歯を磨いた。効き目があるかどうかわからないが、アルコール臭さを消そうと思ったのだ。死にそうに吐き気がして、実際一度吐いた。しかし吐いてみるとずいぶん楽になった。

休みの朝はいつも、お袋にぶつくさ言われながら寝坊するので、酒がさめるまで上にいても不審がられないだろう。今のうちに窓を開けてビールの匂いを追い出しておこう。足音を忍ばせて階段を上がろうとすると、玄関のほうから「あら、洋二」と声をかけられた。お袋だ。幸いにして距離があるのと風向きが逆なのと、何か気にかかることがあるらしいのとで、こちらの様子には気づかない。オレは極力何食わぬ、というよりこんなに気持ちのいい朝はないぞ、という顔をこしらえて、「おはよう」とあいさつした。

「ねえ、濤一、どうかしたのかしら」

お袋は首を傾げて開け放した玄関を見ている。秋の涼しい空気が流れ込んでくるのが、ここからでもわかる。

「どうかしたって、何が」

「玄関から出てったのよ」

改めて考えりゃ異常な会話だね。

「それに出がけにこう言うの。『母上、これから正々堂々、求婚してまいります』って。今度そんな役がつくのかね」

お袋はまだ、兄貴の「シバイやめる決心」を知らないようだ。オレはいいかげんな返事をしておいて階上《うえ》に上がった。頭はかなり混乱していた。

どういうことだよ。この間あれほどはっきりと、駆け落ちなんてしない、と言ってたのに。どうせ応じてもらえるわけないから、告白して玉砕《ぎょくさい》するつもりかもしれないけれど、そもそも「求婚」てのが変だよな。不可能じゃん、それって。いや不可能じゃないか。それにしても普通は言わないよ。求婚ってのは、独身の人に対してするもんであって……。

あれ。

いやまさか。

そんな。

いやしかし。

……あり得る。それで「あのひとを幸せにしたいから」かよ、おい。

オレは二日酔いも忘れ、転がるような勢いで階段を駆け降りた。

「芽久美ちゃん。おねーちゃんがもしいなくなったら、芽久美ちゃんは困るかなあっ」

「えーっ。困るよ。芽久美すごく困る。寂しいもん」

「そおかあ。そりゃいかんなあ。うん。それじゃ、俺のお嫁さんになってくれって頼んだら、パパにもきっと嫌がられちゃうだろおなあっ」

「そんなのおかしいよー。おねーちゃんはパパのオクサンで、芽久美のオカアサンだもん。オクサンでオカアサンは、もうオヨメサンになれないのよう」

前島家の門の前。駆けつけたオレはちょうどこの会話が交わされているところに間に合った。どこから引っ張り出したかダークスーツを身につけ、片手にはドでかい花束という、こんな場合でなければ失笑したであろう似合わない格好の兄貴が、しゃがみ込んで芽久美ちゃんと向かい合っている。前島家まで来て一番に芽久美ちゃんに会った兄貴は、ここでまずプロポーズの布石を打った——つもりだったらしい。満面の笑みを浮かべていた兄貴の顔の、太い眉毛がかくんと下がって理解不能を表現したところに、オレは息を切らしながらどうにか言葉をほうり込んだ。

「兄さんっ。美枝子さんは、先生んちに嫁に来てこの秋で一年……」

……………

オレはこのとき、実にこのとき初めて、役者としての兄貴を認めた。驚きを顔に出さず、一瞬で状況を把握してアドリブで演じなければならない難しい場面だったが、兄貴の演技は完璧だった。まるで何もかも知り尽くした賢者のごとくほほ笑んだ兄貴は、ヘリオトロープの香りを嗅ぐときのように、芽久美ちゃんにそっと顔を近づけた。

「そうか。そうだな。芽久美ちゃんもお父さんも、美枝子さんのこと、とっても大事に思ってるんだ」

「うん」

芽久美ちゃんはおさげを勢いよく揺らしてうなずいた。

「それを聞いてお兄ちゃんは嬉しいぞ。とっても嬉しい」

兄貴は芽久美ちゃんを一度ぎゅっと抱き締めると、小さな体の半分ほどもある花束を抱えさせた。

「これ、仲のいい家族に、お兄ちゃんからプレゼントだ。お父さんと『おねーちゃん』によろしく」

「デンスケと遊んでいかないの」

不審そうに聞く芽久美ちゃんの頭をなで、兄貴は「また今度な」と言って立ち上がった。背を向け、大股に立ち去っていく兄貴の後を追おうとして、オレはぎくっとした。庭の植え込みのすぐ向こう、兄貴からは死角になっていたあたりに人影がある。うわ。美枝子さんだよ。

美枝子さんは何も言わず、泣きそうな笑顔でこちらに軽く会釈した。会釈を返すと、美枝子さんは芽久美ちゃんに気づかれないよう、静かに家のほうへと引き返していった。彼女の賢明さに深く感謝しつつ、オレは芽久美ちゃんに、

「また遊びに来るよ。バイバイ」

と手を振った。

「さようなら」

大人びたあいさつをしながら、芽久美ちゃんは花束から片方の手を放して危なっかしげに振り返した。

オレたちは肩を並べてうちまで歩く間、ぽつりぽつりと今回のことを確認し合った。誤解のきっかけはどうやら、芽久美ちゃんが美枝子さんのことを「おねーちゃん」と呼んでいたことらしい。オレのように事情を知っている者には何の不思議もないことなんだがね。美枝子さんは昔、テンスケ先生の教え子だった。ちなみに先生が大学を出て最初の教え子だったそうだよ。卒業してからも美枝子さんは、たまに先生のうちを時候のあいさ

つに訪れていた。先生が結婚し、芽久美ちゃんが生まれ、そして言葉を覚える頃になっても。美枝子さん当時、まだ二十歳そこそこだから、芽久美ちゃんには当然「おねえちゃん」って呼ばせるわな。

ところがやがて先生の奥さんが亡くなり、先生は男手一つで育児を始めた。短大を卒業して近くで勤めを始めていた美枝子さんは、心配で何かと顔を出すようになった。二人の間にどう愛が芽生えて育ったか——何か照れくさいねこの表現。茶化すようなことじゃないけどさ——については、オレも詳しくは知らないが、きっと小説になりそうないきさつがあったと思うよ。でもそのあたり、今はどうでもいい。とにかく先生と美枝子さんは去年の秋、無事結婚した。だけどその頃、芽久美ちゃんにとって美枝子さんの呼び名は、もう「おねーちゃん」で定着しちゃってたんだよ。こういうとき「それじゃこれからはお母さんって呼ぼうね」と言う人もいると思う。だけど、テンスケも美枝子さんもそれはしなかった。特に美枝子さんが強く言い張ったらしいんだ。呼び名なんてどうでもいいって。無理やり不自然な呼び方をさせて芽久美ちゃんに負担を強いるのは忍びないって。こうして美枝子さんは「お母さん」でありながら「おねーちゃん」と呼ばれるようになった。ちょうどあの凜とした香りを持つ花が、ヘリオトロープともキダチルリソウとも呼ばれるように。

ところが、だ。予備知識なしに二人に会って芽久美ちゃんが「おねーちゃん」と呼ぶのを聞いた兄貴は、二人が歳の離れた姉妹であり、テンスケと美枝子さんが親子なのだと思い込んだ。美枝子さんが若々しいのも原因だろう。逆にテンスケ先生は実際の年齢よりしょぼくれてるからねえ。ちなみにテンスケは今年三十二歳、美枝子さんは二十五歳。それを兄貴は、「親子」である以上おおむねテンスケは四十歳、美枝子さんは二十歳くらいと踏んでいたそうなんだ。だからこそ兄貴の目からは、テンスケが「歳より若く」美枝子さんは「歳よりしっかりして」見えるという珍妙な事態になったわけ。

考えてみればオレも悪い。兄貴の誤解に早く気づいてやるべきだった。でもオレにとっては、芽久美ちゃんが「新しいお母さん」を「おねーちゃん」と呼ぶこの家族の形、ごく当たり前のものになってて、注釈が必要と思いもしなかったんだ。オレが話を聞いたときにはもうずいぶん親しくなっていたみたいだから、事情も当然伝わってるだろうと思ってたし。美枝子さんは美枝子さんで、最初兄貴が通りすがりの近所のヒトだったときに「私この子の二番目の母で」なんて説明するわけもなく。そのうちにオレの兄貴だと知ったから、そのへんの事情もわかってるだろうと思ったんじゃないかな。

でまあ、オレとしては兄貴が、かなわぬ想いと知ったうえで美枝子さんに慕情を捧げてると思っていた。演歌だねオレの感性って。「お母さん」でなく「おねーちゃん」って呼ばれてることを気の毒がっていると思い込んだり。

ところが兄貴はその間ずっと、美枝子さんが幼い妹の母代わりとなり、主婦役として一家を切り盛りしてると思ってたわけなんだな。そして「このままではいかん、美枝子さんにも家族のために生きるだけでなく、自分の幸せをつかんでほしい」と思っちまったんだろう。それどころか「俺があの人を幸せにするんだ」と盛り上がってしまった。しかし同じ業界の人ならともかく、芝居とはまったく無縁な人に向かって「お嬢さんを僕にください」とやらかすには、先の見えない現在の自分の境遇はちと問題だと思ったらしい。で公務員試験、芝居やめる宣言、に至った、と。あそこで芽久美ちゃんに会わなければ、テンスケに本気で「お嬢さんを僕にください！」とやるつもりだったのだろう。やったに違いない。オレはそうならなかったことに対して、宇宙創成《ビッグバン》以来のありとあらゆる神ホトケに感謝の祈りを捧げた。

事情があらましわかった後、オレたちは黙りこくって歩いた。うちの前まで来たときようやく言ってみた。

「兄さん。名演技だったよ、さっきの」

兄貴は振り向いてまぶしいほどの笑顔を見せた。

「おう。俺は所詮、舞台を離れられん人間よ」

そして兄貴は玄関ではなく、庭にまわって物置きへと向かったのだった。梯子を引っぱり出すために。

その後。

報告したいことがあってテンスケ先生のうちに行ったとき、そのときも庭で、花の手入れをしていた美枝子さんに会った。彼女ははにかんだような笑顔を見せて、あのときは嬉しかった、と言った。

「おねえちゃんって呼ばれるの、嫌じゃないのよ。呼び方はどうでも、私たちはもう家族なんだし。だけど懐いてくれているとは思っても、芽久美ちゃんが本当に私のこと受け入れてくれているかどうかは、いつも不安だったの。だから」

兄貴の求婚について、聡明な美枝子さんは何も触れず、ただ「芽久美ちゃんが、この頃近江の大きいお兄ちゃんがデンスケと遊びに来ないねって寂しそうよ」とだけ言った。

「そのうち顔を見せるように言っておきます」

そう答えたが、多分無理だろうとわかっていたし、それは美枝子さんにもわかっただろうと思う。仕方のないことだ。そうだな、十年くらい経ったら、兄貴もまた笑って会いに来られるといいな。それまで長生きしろよ、デンスケ。

さて、テンスケ——人間のほうだ——に報告した内容だけれど。オレは結局、翻訳関係の仕事に将来の目標を定め、それに合わせた大学や学部の選定に入った。心配していた親父とお袋の反応だが、これが驚くほどすんなりと受け入れてくれた。何しろ兄貴という不安定のてっぺんを見ているからさ、翻訳家を目指すというのがひどく地道で堅実だと思えたらしいんだ。こつこつ枡目を埋めていくイメージが、親父の職人気質にも好印象だったらしい。実際のところ、地道ではあっても安定とは程遠い仕事なんだが、そんなことを知らせる必要はないだろう。オレはこの道のパイオニアというべき兄貴に感謝した。うん、兄貴が自分の道をずかずか踏み固めてくれるから、後に続く者が歩きやすいってこともあるんだな。

それから、兄貴は芝居をやめるのをやめた。

「いやっはっは。あんときは、美枝子さんのこともあったが、自分の演技に行き詰まりを感じて逃避しようと思ってたんだな、きっと。改めて俺には芝居しかないことがわかったよ。公務員なんて向いてないしな」

まだ行き詰まるほど進んでもないだろ。だが、後半部分については力いっぱい賛成しておいた。劇団ももちろんやめていない。というか、劇団代表はじめ誰一人、兄貴がやめると言ったの、本気にしてなかったらしいんだ。それを言い出したときの兄貴、踏ん切りをつけるために飲んだ酒でべろんべろんだったみたいだから。あの小道具も、「記念にこれもらってかえっていいですかーっ」とくだを巻く兄貴をなだめるために持たせてくれたらしく、翌日には「仕事がたまってるから事務所に来い、ついでにあの小道具返せ」と連絡が入っていた。

かくして兄貴は、今日も元気にバイトとトレーニングと裏方仕事に励んでいる。今のところ次の出演予定はない。でもいつか見せてくれよな。あのときみたいな名演技。今度はちゃんと舞台のうえで、さ。

イノセント・デイズ

1

「はずみ」というのは怖いものだと、栂野《とがの》浩介《こうすけ》は思う。ほんの小さなことからはずみで大事が出来《しゅったい》し、あとあとまで禍根を残す。国際紛争しかり家庭争議しかり、――そしてぎっくり腰しかり。

まさにちょっとしたはずみだったのだ。三歳になる息子がちょこちょこ近寄ってきた。何の気なしに抱き上げた。抱き上げようとした。それだけのことだ。大作業でもなんでもない。ちょうど庭の踏み石に片足がかかっていたうえ、息子のいる位置がやや右手だったので、体をひねるような不安定な体勢だった。さらに、近所で飼われているオウムがいつもの金切り声をあげたところで、あのうちの隣家ではさぞ迷惑しているだろう、などと考えて上の空だったことも悪条件ではあった。しかしそれにしても、たかだか十五キログラムの子供を抱き上げただけで、大の男の体に異常が起こるなどと誰が思うだろうか。

力を入れた瞬間、腰のどこかでぼき、と蝶番《ちょうつがい》が外れるような感覚があった。途端にその姿勢から動けなくなった。正確に言えば、動こうと思っただけで腰のあたりを無数の爆竹が炸裂するような痛みが襲った。

「ママ呼んできてママ」

脂汗を浮かべ、目の前にあった盆栽の鉢で体を支えてうめく父親を、息子は不思議そうに眺めていたが、

「ままー。おじーちゃん。おばーちゃん。おねーちゃん」

やがてそう叫びながらうちの中へと入っていった。何も家族全員に招集をかけなくてもいい。

しかし、ぎっくり腰というやつは何故に人の笑いを誘うのだろうか。姑と妻と十歳になる娘は、腰をかがめた姿勢で凍りついた浩介を見て親娘三代で手を打って笑い転げた。たった一人、過去に同じぎっくり腰の経験があるという舅《しゅうと》は真顔で心配してくれたが、浩介が痛みのあまり盆栽の小枝を握りしめて折ってしまったことに気づくと、婿の容体はそっちのけでわあわあ騒ぎ始めた。家族の絆なんてこんなものか、と痛みをこらえながら浩介はやさぐれた気分になった。

妻の運転する車で最寄りの整形外科を訪れて処置してもらい――もちろん移動する間は悲鳴の連続である――帰宅してベッドに横向きに寝ていると、息子が励まそうというつもりか、いつも一緒に寝ている大きなクマのぬいぐるみを持ってきてくれた。俺の味方はお前だけだよ啓介《けいすけ》。頭をなでようと腕を伸ばして、腰のあたりを巨大な指でつかんで力任せ

にひねられたような痛みにまた悲鳴をあげる羽目になった。ぎっくり腰のことをどこかの国では「魔女の一撃」と呼ぶと聞いたことがあるが、間違いなく、とびきり性悪な魔女の仕業《しわざ》だ。

とうてい仕事にならず、授業を休みにしてもらって三日。昨日あたりからようやく家の中をそろそろと動けるようになったところだ。今日は意を決して庭下駄をつっかけ、縁側から庭に降りてみた。

門の脇の、今を盛りと咲く紅の夾竹桃《きょうちくとう》の木までゆっくりと歩く。長い夏の日がようやく蔭る時刻、先ほど降った夕立のおかげで空気は思いのほか爽やかだった。とはいえ深呼吸するのもこわごわだ。幸いあの痛みは襲ってこない。魔女は息を潜めて攻撃の機会を窺っている気配で、こちらもまだ警戒を怠ってはなるまい。例のオウムの意味をなさない金切り声がまた聞こえ、いまいましさに輪をかけた。向こう三軒両隣よりやや離れているわが家はまだいいが、すぐそばの家では、この季節だ、あのオウムを焼き鳥にしてビールのつまみにしようなどという計画が進行していたとしても不思議には思わない。

それにしてもぎっくり腰とはなあ。「年齢のせいだけでなく、運動不足で腹筋も背筋も落ちているからですよ」と医師は言っていたが、それにしても若者の身には起こらない異変だろう。年齢のせいだけでなく、と念を押されるあたりがすでに歳を物語っている。

近づく夕暮れの気配の中、一足先にすっかり黄昏《たそが》れた心持ちの浩介は、そのときふと、生け垣の向こうに一人の女性が立っているのに気づいた。ちょうど夾竹桃のような色合いのタンクトップから白い肩を大胆に見せたごく若い娘だ。着ているものと同じく人目をひく美貌と、——何やら途方もなく色っぽい雰囲気を持っている。物問いたげにこちらを眺めるのと目が合った。

その瞳が鏡でもあったかのように、浩介は自分が無意識に腰に手を当て、背を丸めているのに気づいた。まるで庭の花を愛《め》でるご隠居じゃないか、これじゃ。思わずぴんと背を伸ばそうとしたのがよくなかった。

「あいたっ」

小さくうめいた声が聞こえたらしい。娘はぱっと顔を輝かせた。

「先生！　あたしのことわかったの？」

はずみとはありがたいこともある。浩介はつくづくそう思った。はずみで漏らした言葉を娘が聞き違えて、先生元気、志穂《しほ》先生は、あずさちゃんはと、「元気だよ」と返事を挟むのがやっとの勢いでおしゃべりを始めてくれなければ、彼女が誰かはわからなかっただろう。様々に強い印象を残した生徒であり、忘れたことはなかったが、雰囲気が六年前とすっかり変わっていたのだ。

彼女——相田史香《あいだふみか》は当時から整った顔だちをしていたが、おとなしい少女だった。ふとした拍子にはしゃいでしゃべり始めると、歳より幼い部分もかいまみえたが、いずれにしろこれほど華やかな雰囲気を持つようになるとは予想もできなかった。そういえばちょうどあの頃亡くなった史香の母親も、こんな目立つ美貌を持っていたものだ。

「しかし、きれいになったなあ。——お母さんによく似てきた」

少しためらって口に出すと、史香は急に白けた表情になって応じた。

「みんなと同じこと言うね、先生も」

やはり失敗だった。史香を襲った悲劇は、それを越えて亡き人を懐かしむだけのゆとりを彼女にまだ与えないのだろう。

相田史香は中学生の頃、浩介が自宅で経営する「あさひ塾」に通ってきていた。自宅とは言っても元を正せば妻の実家であり、舅の旭貞則《あさひさだのり》が経営していたのを引き継いだ中高生対象の学習塾である。貞則の代から進学よりも補習に重点を置いた教育方針だ。貞則は現在も国語を教え、浩介が英語、妻の志穂が算数と数学を担当している。姑の幸世《さちよ》まで、小学生を集めて習字を教えているのだから、まったくもって家内工業である。この少子化時代に大繁盛しているわけもないが、かといって経営が危ないほどでもなく、しぶとく生き延びているのはあっぱれだろう。学校の授業が完全に理解できるようにと丹念に教えるやり方は、こののんびりした地方都市では案外と評判がいいようだ。週に二度は予備校にも教えに行っている浩介だが、あさひ塾で教えているときのほうが楽しく感じるのは間違いない。自分のことを特に優れた教師だとは思わないが、自身できのいい生徒ではなかったため、生徒がどこでつまずきやすいかがよくわかる。つまずいた石の所在を教えてやると、生徒は自分でそれを乗り越えて走り出してくれることがある。それを見ているのが楽しかった。教員採用試験に三度しくじったのち、当時交際していた志穂の実家の塾に就職した、というより転がり込んだような形になったが、結果的にはよかったと思っている。幸いなことに余計な矜持やこだわりの持ち合わせはない男だ。

そのあさひ塾に、史香は中学二年の秋まで籍を置き、その後退塾した。その夏に彼女は母親と、新しく家族になるはずだった人たちを失ったのだ。しかもその前の冬には、父親が不慮の事故で亡くなっていた。

浩介の気が利《き》かない言葉をきっかけに、二人の間に沈黙が落ちた。元教え子とはいえ、若く美しい女性と黙って向かい合っているのは居心地のいいものではない。浜岡《はまおか》君はどうしてるだろうな——と聞きたいところだったが、これも過去の悲劇と直接かかわりのある名前だけにその勇気がなかった。

ところがそれを察したのかどうか、史香はやがて驚くほどあっさりと言い放った。

「そういえば、先生知ってる？　崇《たかし》兄ちゃん、一カ月前に死んじゃったのよ」

「そんなことがあっていいのかしら」

志穂は眉間に縦じわを寄せた。とうてい許せないことだが誰を糾弾していいかわからない、という顔だった。もし目の前に運命を仕組んだ神のようなものがいたら、間違いなく胸倉をつかんで喰ってかかるところだ。午後十時、遅い夕食が終わったところだった。夕方からの授業が終わるとこの時間になる。付き合いで食卓について茶を飲んでいた浩介はあいづちをうった。

「まったくだよ。気の毒と言うしかないな」

「崇君、無謀な運転なんかするタイプじゃなかったのに」

「ああ。でも『オートバイを飛ばしてひっくり返った』というのは相田の表現だからね。具体的にどの程度無謀だったのかはわからない。オートバイに慣れた者にはなんてことないスピードだったのかも」

「だけど、実際にその事故で亡くなるほどの速度ではあったんでしょ」

「そりゃ、たとえ安全運転していても何かのはずみってことがある」

まだ「はずみ」のことが頭にあった浩介はそんなことを言った。志穂は納得できない様子で「うん」と生返事をした。

浜岡崇は史香の三級上で、やはりあさひ塾に通ってきていた。口数が少なく歳よりも大人びて見える少年だった。大声ではしゃぐことも感情を荒立てることもなく、驚くほど端正な細面《ほそおもて》に浮かぶ表情はいつも冷静で、周囲の生徒たちにも自然と一目置かれていた。思い返しても確かに無謀な運転とは縁のなさそうなタイプだ。成績は中どころだったが、頭脳は並外れて明晰だったと浩介は思っている。良い成績をとることに興味がなかった、というよりむしろ、良い成績をとることをくだらないと考え、テストの点を取りすぎないようセーブしているフシさえあった。あの年頃の頭のいい子は、大人側の思惑をかなりのところまで見透かしてしまうことがある。授業中に時間の都合でつい妥協した教え方になったときなど、崇の冷めた視線を感じて居心地の悪い思いをしたことが一度ならずあった。彼らの目に大人が愚かに映るのはある程度やむをえない。しかしどれほど頭が良くとも、人生はこの程度のものとたかをくくったときその人間の進歩は止まる。それが少し心配だった。

志穂も同じ意見で、学ぶこと、何かに打ち込むことの面白さに気づいてくれれば崇君のような子は伸びるんだが、と夫婦で話した覚えがある。そういえば史香が当時、「崇兄ちゃん、生物部ですごく熱心に活動しているんですって」「将来はきっと植物学者になると思うの」信頼で瞳を輝かせて、そんなことを言っていた。両親同士が同じ高校の同級生だったという相田・浜岡両家は家族ぐるみで仲が良く、史香は実の妹のように崇に懐いていたようだ。結局崇はそちらへの関心の芽を伸ばすこともなかったのだろうか。

浜岡崇は高校入学にあたり、保護者側の意向で大手の予備校に通うことになって退塾した。あいさつに来た母親は「主人が、国立大学法学部を狙わせるためにどうしてもと言い張りますので」と幾度も頭を下げた。引き留める筋合いではないものの、志望コースについて本人の希望が入れられているのかどうかが気にかかった。連れ立ってきた本人はどうでもいいというような表情を浮かべていたが、あとで史香は「崇兄ちゃんはここ、やめたくなかったそうなの」と憤慨しながら語っていた。

「史香ちゃんが元気ならせめてもだわ。顔を見たかったなあ」

志穂は気を取り直したのかそう言って、湯飲みを取り上げた。結局史香はしばらく立ち話をしただけで、上がっていけという浩介の勧めを今日は用事があるから、と断って帰っていった。保護者を失った後、彼女は隣接する市に住む父方の伯母の元に引き取られていたが、大学入学と同時に、故郷であるこの町で一人暮らしを始めたと言っていた。伯母の家からのほうがむしろ通学には便利なはずだが、そんなことを指摘するべきではあるま

い、と浩介は思った。その代わりに、

「一人暮らしなら、そのうち夕飯でも食いに来いって言っといた」

「パパにしちゃ上出来だわ」

「どういう意味だよ」

「そのまんまの意味よ。……楽しみね。史香ちゃん、大きくなっていたでしょう」

「ああ。すごい美人になってた」

「へえ」

志穂は目を丸くして、

「パパの好みのタイプに？」

からかうような調子にむっとした浩介は、

「ああ、そうだな。色っぽくてくらくらしそうだった」

「ほうほう」

皿から指でつまみあげた沢庵《たくあん》をパリパリとかじりながら愉快そうに言う。元教え子相手に悪さをする度胸など夫にはないと、とうに見透かした妻だ。

「何です、お行儀の悪い」

食卓から皿をひいていた母の幸世が小言を言った。洋服姿なのに和服を着ているような雰囲気の義母は、いかにも書道の先生らしい上品な物腰だった。

「ああ、お母さん。今日もおいしかったわあ。水菜のお浸しがもう、絶品よね。カレイの煮つけも名人芸だし、椎茸の肉詰めの味は日本一」

夕方の授業のせいもあるが、家事全般が苦手で幸世に頼りきりの志穂は、ことあるごとに母の料理を大げさなほど持ち上げるのを忘れない。

「ようそんだけ、白々しいこと言えるもんじゃわ」

広島を故郷に持つ幸世は、お国なまりで呆れたように笑いながら、娘の湯飲みに茶を注いでやった。

2

とりあえず腰が治ったら今度は少し運動でもせにゃなるまい、と座敷から庭を眺めて浩介は考える。庭では啓介が小児用プールで歓声をあげ、あずさもやはり大はしゃぎでホースをつかんで、光る水しぶきを弟の頭上や庭木へと撒き散らしている。子供たちの姿を見るにつけ、こいつらが成人するまでは元気でいてやらねば、というプレッシャーにも似た思いに浩介はしばしば苛まれる。ぎっくり腰でよたよたしていては、そのプレッシャーにすら耐えられないだろう。しかし今はまだ無理のできない体であり、大きな動きをしないようのんびり過ごしていると、自然と昨日会った元教え子のことを思い出すのだった。

思えば相田史香は、今のあずさと五つも違わない歳で続けざまの不運に遭遇したのだ。親のぎっくり腰に爆笑するような不埒《ふらち》な娘ではあるが、それでもわが子が同じような境遇に置かれたらと思うと腹の底が冷えてくる。

史香の両親は、温厚な父親と近所でも評判の美人である母親の組み合わせだった。父親とはそれほど接することもなかったが、この町では目抜き通りといえる駅前で、長く続いた小さな酒屋の何代目かだった。母親のほうは史香が小学生の頃、隣のもう少し大きな町でエステサロンを開業したという話だった。史香のことで何度か話した機会に、簡にして要を得たやや早口なしゃべり方から、その意志の強さと頭の回転の速さは十分感じとることができた。商売柄人をそらさぬ愛嬌《あいきよう》と、小柄ながら大輪の花が咲いたような雰囲気を備えており、そこに意志と頭が加われば成功する条件はほぼ揃ったことになる。実際、当時のバブル景気にも乗ったのかサロンは大繁盛しているらしかったが、一家の暮らしぶりが特に派手になる様子はなかった。

そんな平和な一家を最初の不幸が襲ったのは、史香が中学に上がって間もなくである。スクーターで配達に向かった父親の治雄《はるお》が、自動車と衝突事故を起こしたのだ。両足の自由はまったくきかなくなって車椅子生活となり、両腕の機能にも障害が残ったらしかった。もちろん商売を続けて行くのは無理で、小さな酒屋にはいつもシャッターが降りるようになった。母親の苗子《なえこ》に経済力があったのは幸いだったが、大黒柱となって働くようになり、自然と留守が多くなった彼女にかわって、史香が自分に出来る限り父親の世話をするようになった。入ったばかりのあさひ塾にも通えないことは明らかだったので、浩介は彼女を休塾扱いにして様子を見ることにした。

そんな生活が続いて半年経った冬。史香の父親は、妻と娘が留守をしているときに浴槽で溺れ死んだ。バリアフリーに改造した長い浴槽で、うつ伏せに水に浸かっていたという話だ。一人で入浴しようとしてバランスを崩したのだろうか。四肢が不自由な彼は、そこから身を起こしたくてもかなわなかったのだろう。もしかすると、身を起こしたいと思わなかったのかもしれない。

おとなしい史香が一度だけ、火のように激しいかんしゃくを起こしたのを見たのはこの頃だ。父親の死後、史香はまたあさひ塾に通うようになった。久しぶりに旭家の離れで行う授業にやって来たその初日のことだ。帰る時間になったとき、同じクラスの少年が出口に向かいながら史香を追い抜きざま、「おまえの父さん、風呂にはまってぶーくぶく」というようなからかいの言葉を浴びせた。まだその場に残っていた浩介が彼を叱りつけるよりも、史香の反応は早かった。手に持っていた折り畳み傘を振り上げ、一撃で相手の眼鏡を割って鼻血を流させた。そこで抑えに入らなければどれほどの怪我になったかわからない。幼稚園児のように手放しで泣く少年と対照的に、史香は声一つあげなかったが、浩介が抱き締めた細い肩は「殺意」と呼んで構わないような緊張でわななていた。この子のどこにこんな激しいものが潜んでいたのかと、恐れに近い気持ちを覚えたほどだ。よくぞ大事に至らなかった、失明のような取り返しのつかぬことにもならなかったと、義母が朝晩拝んでいる旭家仏壇に手を合わせたくなったものだった。

少年の残酷な言葉は、久しぶりに姿を見せた史香にテストの点で負けた腹いせという、どうしようもない動機から発せられたものだった。当事者たちからもほかの生徒からも事情を聞いてそれを確認した浩介は、とても史香を叱る気にはなれなかった。結局事件の翌日、母屋の応接間に史香だけを呼び入れ、世の中には卑劣な言葉を浴びせる人間がいる、そんな相手でも怪我をさせれば大人の世界ではこちらが罪に問われる、それでは損だから暴力に訴えるのはよそうと、教師としては非常に不穏当な内容の説教をした。最後まで黙って聞いていた史香が一言だけ、「先生、謝れって言わないの」と尋ねたときの暗い目を、浩介はよく覚えている。

「だって先生には、相田のほうが悪いとは思えないんだ」

正直にそう答えた。

志穂はもっと不穏当だった。事件の起こった当日は、少年をすぐ近くの医者に連れて行って手当てしてもらい、うちまで送り届けて幾度も頭を下げた。ケンケンわめく向こうの親に、いきさつはまだわからないがちゃんと調べて報告する、いずれにしろ塾で起こった事故はうちの責任だと謝り通した。

しかし事情がはっきりすると、志穂は改めて少年の家を訪ねた、というより玄関のドアを蹴破るような勢いで乗り込んだらしい。そして母親に向かって、確かに暴力はいけない、息子さんが怪我をしたのは気の毒だし治療費はこちらで持つ、しかし息子さんにいずれちゃんとした社会人になってほしければ、人間として言ってはならないことがあると今すぐ教えなければならない、これまでそれを教えなかった親御さんの責任は重いと言い放った。結局少年は塾をやめていき、その母親はしばらく近所であさひ塾の悪口を言い放題だったらしい。それほど人望のある人物ではなかったようで、塾の経営に障りがなかったのは幸いだったと、これでも一応経営者である浩介は思う。

その少年の言ったことは言語道断だが、史香がそのような行動に出たのはやはり、家庭の不幸で精神的に不安定になっていたせいもあるだろう。そのしばらく後に史香は、もう一つ、日頃の彼女からは考えられない行動に出た。

ある日の夕方、浩介が予備校の授業から帰ってくるのを待っていたように、近所のコンビニエンスストアの店主から電話が入った。生徒の一人が呼んでいると言うのだ。何がなんだかわからぬままにつっかけ履きで駆けつけると、アルバイト店員の案内で店の奥に通された。店主の木島《きじま》は浩介ともなじみで、相撲取りのような大きな体をしていながら至って気の弱い男だ。その木島が困り果てた顔でテーブルについている。それと向かい合って、こわばった顔の中で目ばかり光らせていたのが相田史香だった。二人の間には小さなパッケージが置かれている。

浩介の顔を見た木島は救われたような表情で立ち上がってこちらにやって来ると、ヒソヒソ声で言った。

「悪いね先生。あの嬢ちゃん、自分の名前も住所も教えてくれなくてさ。桐野先生呼んでくれとしか言わないんですよ」

「一体何があったんです?」

「万引き……ってことになるかな」

「ええ?」

「しーっ。しーっ。声が高い」

そこまで気を遣わなくてもよかろうが、木島はうろたえたように史香を振り返りながら太い指を口の前で立ててみせた。史香は何の反応も見せない。

「って言ってもさ、ホントに盗むつもりがあったのかどうか。バイトの子によるとね、棚からあの箱をとってえらくじっくり見てたと思うと、そのまま店から出ていこうとしたんだって。隠す様子もなく手に持ったままだよ。慌てて止めて、お会計を忘れてませんかと穏便《おんびん》に済ませようとした。でも相手は黙りこくったまま、箱を取り上げようとしても離さない。どうにも気味が悪いし、モノがモノなんでどうしていいかわかんなくなって、俺に知らせに来たのよ。俺が相手しても、先生のこと言ったきりであとはだんまり」

「ご迷惑をかけて申し訳ない。しかし、モノがモノって何なんです」

「いわゆる一つのほら……ゴム製品ってやつ」

頭が真っ白になった。

怖い顔で黙ったままの少女とその脇でへどもどする大の男二人。傍から見ればどちらが悪いことをしたのかわからなかっただろう。しかし木島が『もう何でもいいから連れて帰ってくれ』と泣きそうな目で訴えるので、浩介はとにかくその意向に応えることにした。

帰り際に「これ本当にいるのか相田……」とパッケージをつまみ上げて恐る恐る聞いてみて、「いらない」と世にも冷たく言い捨てられたのは間の抜けた話だった。

「なあ、一体何があったんだ」

つっかけを引きずりながらの帰り道、浩介は石のように黙りこくって傍らを歩く史香に聞いてみた。万引きはいけないなどと説教しても始まらないことはよくわかっていた。木島の話を聞いただけで、史香が本当にそれを盗もうとしたのではないこと、まして欲しかったわけでもないことは簡単に理解できる。ならば「それによって何を訴えたかったのか」を聞く以外ないだろう。

しかし史香はそれに答えず、逆に問い返してきた。

「先生。あれって何に使うの」

また頭が真っ白になった。

数瞬ののち、浩介は丹田《たんでん》に力をこめてかがみ込み、少女と視線を合わせた。

「いいか、相田。それはひどく大切で、説明の難しいことだ。数学や英語の勉強と同じで、相田にどこまでの基礎知識があるかによって説明に要する時間も全然違ってくる。だから今すぐここで答えるのは無理だ。もし本当に知りたいのなら、ちゃんと時間をとって、資料も使って説明する。できれば志穂先生に頼んで」

「わかってるもん、そんなこと」

史香の目に心底呆れたという表情を見て、生徒の疑問と真剣に向かい合うつもりだった浩介は少なからずめげた。

「それのほかに、どんなことに使うのって聞いてるの、あたしは」

「それのほかにって」

おうむ返しして浩介は途方に暮れた。あるのかほかに使い道なんか。いや聞いたことがあるぞ、クイズ番組で。水を入れて何かに使うと……いや違う、あれは、あの中にどのくらいの量の水が入るか、というクイズだった。それじゃ一体。

史香は不甲斐ない教師を見限るように、先にたって歩き始めた。とにかく家までは送らなければならないと、その後を追う。角を曲がれば史香の家というあたりで少女は急に立ち止まり、今更のように不安げに浩介を見上げた。

「先生、お願い。今日のこと、ママには言わないで。お願い。もう絶対にしないから」

宵闇の中で、少女のあどけない顔が必死の色を湛えていた。浩介は迷った。生徒が問題を抱えているときは、家庭と連携して解決に当たるべきではあるが……しかしケース・バイ・ケースでもあった。思春期に差しかかるころには誰でも、家族だからこそ話せない秘密を持つようになるものだ。それを無思慮に知らせてしまうことは、子供との間の信頼を取り返しのつかない形で壊してしまう場合がある。

「わかった」

心を決めた浩介は、ゆっくりと話しかけた。

「もうしないならそれでいいんだ。お母さんには何も言わない。けれどそのうち、どうして今日のようなことをしたのか、言葉で説明してくれるかい。相田が何か、ひどく重要なことを言いたいのはわかる。だが言葉でないと先生にもお母さんにも伝わらないんだ。もしかすると相田自身にもまだはっきりわからない事かもしれない。でも表現できるようにがんばってみてくれ。できるようになったら、聞かせてくれればいい」

少女の顔を一瞬影がよぎった。しかし流星の流れた後のようにその正体はつかめず、史香は小さく「はい。わかりました」とだけ言った。

史香の母は帰りの遅い娘を心配していたようだったが、史香は冷静に、塾の先生のところに質問に行って遅くなったと説明していた。背後であいづちを打って調子を合わせながら、浩介はその嘘のうまさに本気で感心していた。男女の性差などと言い出してはフェミニストに叱られるかもしれないが、本質的な度胸の良さにおいて男は女に到底かなわないと思う。

その後史香が問題を起こすようなことはなかった。約束は果たされないままだったが、史香自身の中で整理がついたのならそれで構うまいと、浩介もそのことは忘れるともなく心の隅に押しやっていた。

やがて史香を第二の悲劇が襲い、彼女がお兄ちゃんと呼んで懐いていた浜岡崇も同じ悲劇に翻弄されることとなった。

その前に不幸を経験していた点も、崇と史香は共通していた。史香の父の死と相前後して、崇の母親の浜岡芳枝《よしえ》が世を去っていたのだ。こちらも事故ということになっているが、どうやら自殺だったらしいという観測が近所では定着している。志穂がそう語っていた。ゴシップは好まない女だが、それでもこういう面でからきし鈍い浩介よりは噂に敏感だ。確かに浜岡夫人にはひどく繊細で脆《もろ》そうなところがあったというのが志穂の感想である。浩介の受けた印象でも、芳枝夫人は大柄でありながら影が薄く、おどおどした目の表情は、いささか失礼ながら気弱な雌牛を思わせた。崇の父・繁道《しげみち》はやり手の敏腕弁護士だという話だから、高校時代に友人同士だったという四人はかなり個性のばらばらな集まりだったのだろう。だからこそ仲がよかったのかもしれないが。

そんな事情で、妻を亡くした浜岡家の夫と夫を亡くした相田家の妻は、何かと助け合うようになった。思いがけぬ不幸が影響したのか、史香が友人にけがをさせるというそれまで予想もしなかったような行動に出たこともあり、もともと古い友人だった二人が、仲の良い双方の子供たちのためにも新しい家族を作ろうと考えるようになったのはごく自然な流れだったのだろう。大仰なことはせずに籍だけ入れ、浜岡家で新しい家族四人がささやかな食事のテーブルを囲んだその夕べ。共に新たな一歩を踏み出した彼らを、これほど皮肉なことはないという形で「死」が襲った。食中毒だったと聞いている。団欒のさなかに史香の母苗子と崇の父繁道が苦しみ始め、崇が慌てて呼んだ救急車で病院に運ばれたが助からなかった——。浩介の知る範囲ではそういう経過だった。子供たちに異状がなかったのは不幸中の幸いというべきか。熱を出して体調のよくなかった史香と、所属していた生物部の合宿から帰ったところで、途中で仲間とラーメンを食べていた崇、二人ともそれほど食が進んでいなかったのだという。

籍が入っていたことから、繁道と苗子の葬儀は夫婦として合同で行われた。学生服姿の崇が喪主を務め、セーラー服の史香がそれに寄り添っていた。二人とも人形のような無表情だった。肩を寄せあって残酷な世界と戦っているようだ——葬儀に参列した浩介はそう思った。そして幼い二人は心を一つにしている様子が窺えるのに対して、浜岡・相田両家の親戚たちは極端によそよそしいのが目につき、不審ながらもやり切れない思いをしたものだった。葬儀のあと崇と史香は、一緒に暮らすと言い張ったそうだ。浜岡の家でも相田の家でもいい、残された家族二人で暮らす、と。しかし高校生と中学生が二人きりで生活することなど、周囲が許すはずもなかった。

塾の教師と生徒というつながりだけで口を出せることではないとわかっていながら、浩介は気にかかっていた。夕食の席で志穂に言ってみたことがある。

「どういうことになるかな、浜岡と相田は」

その日は義母の幸世が習字の研修会で遅かったため、夕食は志穂が二十分で仕上げたカレーだった。志穂はスプーンを止めて首を傾げ、

「うーん、どっちも親戚に引き取り手はあると思う」

「どうして」

「財産持ちだから」

両家とも父母がやり手だったおかげで暮らし向きはよかったはずだ。家と土地もそれぞれの子供たちが引き継ぐことになる。しかし、それを当て込んで彼らを引き取るという考え方はひどく不愉快だった。

「よくそんなことが言えるな」

非難すると、志穂はにらみ返してきた。

「あたしがそういう考えに賛成なわけ、ないでしょう。客観的に可能性を述べてるだけ。突っかかるのはよして」

「……悪い」

言われてみればその通りなので、飯のかたまりを飲み下して謝った。

「二人揃ってどっちかに引き取られる可能性とやらはないかな」

「それは無理じゃないかしら。家同士、なんだかつんけんしてたじゃない」

「ああ、俺の気のせいじゃなかったのか」

「一目でわかったわよ」

「だがあの二人を引き離すのは、ひどくむごいような気がするんだ。せっかく残った家族なのに」

するとと志穂は、今度ははっきりと首を振った。

「ううん。あの二人は、しばらく距離をおくべきだわ」

「何だって？」

驚く浩介に対して、志穂は子供に言い聞かせるような口調になった。

「史香ちゃんはね、多分、崇君のことが好きなのよ。ううん、家族としての愛情というより、恋心を抱いている。崇君のほうの、男の子の心理は私にはわからないけれど。――恋をするのは悪いことじゃないわ。だけどまだあんなに若いとき、世界中に味方はその人しかいないような境遇に置かれて抱く恋が、健やかに伸びて行けるかどうか心配なのよ。二人きりの狭い世界に閉じこもってしまったら、せっかく芽生えたものが息を詰まらせてしまうかもしれない。しばらく離れて、広い世界を見てからもう一度会うのがいいと思う。

もし二人の間に縁があるものなら、それから育てていったほうがいいの。……ごちそうさま。ああ、今日もご飯がおいしかった。カレーは家庭料理の王様ね」

自分が作ったものだから自画自賛している。慌てて浩介も、「御馳走様。ママのカレーは世界一」と調子を合わせた。

3

またすぐ来ると言っていた史香はそれきり姿を見せない。少し気がかりだった。ここ数日で昔のことを思い出すうち、浩介の心の中で史香は、先日見かけた蠱惑的《こわくてき》な微笑を浮かべる美しい女性ではなく、六年前の、張りつめた弦のように震える少女に戻っていた。

ところが、そんな心配は独りよがりだったのかと苦々しい思いをさせられる日が来た。その日浩介は、大学時代からの親しい友人が海外に長期赴任するというので、壮行会をかねて久しぶりに仲間たちと集まった。

「もう一軒行くかあ」

「そろそろ帰らないと、ヨメさん怖いんじゃないの」

「思い出させるなそんなことはっ」

酔った男たちの間で必ず交わされるような会話を仲間とやりとりしながら、浩介はほろ酔い気分で繁華街を歩いていた。まだ腰が完全によくなったわけじゃないから無理はしないのよ、と散々志穂に注意されたのだが、やはり昔の仲間との時間は早く切り上げるには惜しい。

そのとき、前方にぱっと目にたつ色合いがあった。燃え上がるような明るい紅のワンピース。太股の半分以上が見えるほど短い丈のものを、細い紐で肩からぶら下げているだけといった大胆なデザインだ。タクシー乗り場で傍らの男の腕にからみつくように、きゃらきゃらと派手な笑い声をあげているのは——。

「……相田?」

手を伸ばせば届くほど近づくまで確信がもてなかったが、その娘は間違いなく相田史香だった。頭の中でいったん六年前まで巻き戻されていた少女の像は再び早送りされ、ついでに実際より進み過ぎてしまったようだ。濃い化粧を施した顔はとうてい学生の年頃には見えず、ネオンの光の下、妖しいまでの美貌を見せていた。

ピンク色に染めたまぶたをまたたかせ、向こうもこちらの顔を認識したようだ。コンマ一秒ほど表情をこわばらせたが、すぐに華やかな笑みを浮かべた。

「ああ、センセ?」

風に舞う蝶のように、史香は浩介の二の腕に軽く触れた。その感触に思わずぞくりとした彼は、それを振り払うように強い声を出してしまった。

「どうしたんだ、こんなに遅く」

相手はまた、派手な笑い声をあげた。

「やだあ。あたし、もう大人だよ？　先生たちと同じ。夜はお楽しみの時間」

「そりゃあ、そうだが……」

もう生徒扱いするわけにもいかず、浩介は困って史香の隣の男に視線を移した。茶色に染めた髪もピアスも、現代の若者ならば何の個性にもならない。その意味でごく平凡な、どこの繁華街にもいるタイプの青年だった。浩介と史香のやりとりに構わず、視線をつまらなそうに中空に漂わせたままだ。悪気があるというより、ただ目の前のことに何の関心も持てないかのようだった。史香も彼のことを紹介しようとはしない。

タクシーが滑り込んで来て、止まった。史香は青年をせかして先に乗らせると、ドアを手で支えて浩介に言葉を投げた。

「この人はね、今そこで知り合ったの。全然知らないヒト。二度と会わないヒト」

「おい、ちょっと待て。それじゃ」

「アレの使い道って、結局一つよね」

再び派手な、それでいてどこかうつろな笑い声を残してドアが閉まり、タクシーは発車してしまった。

「何だったんだ、今の」

仲間たちが不審がっても、浩介は答えなかった。答えられるようなことではなかった。


孜《つとむ》は浩介のグラスにビールを注ぎながら言った。

「ああ、あの事故ね」

「うん、覚えてます。オートバイを飛ばしててひっくり返ってという、そのとおりですよ。日頃からかなり乱暴な運転が目立ってたらしい」

お、啓介、大きくなったなと、孜はテーブルに寄ってきた甥を膝に抱き上げた。すわ腰が痛いとうめきださないかと見守ったが、がっちりした体軀の孜にその気配はない。理不尽な落胆を覚えながら、浩介は返礼に義弟のグラスをビールで満たした。

「ちょっとパパ、まだ刺激物は控えなさいってお医者様に言われてるでしょ。孜も調子に乗って勧めないでね」

志穂はクギを刺しておいて、こっちにも注ぎなさいよとグラスを突き出してくる。

志穂の弟が日曜の夜にぶらりと訪ねてきたのだった。酒をたしなまない義父母は茶の間で、娘のあずさと一緒に孜の土産のクッキーをつまみながらテレビドラマを楽しんでいる。休日の夜に酔っ払いの世話までできるもんですか、と義母にはとうに宣言されているので、こういうときの酒飲み三人は、ダイニングのテーブルで勝手につまみを並べてグラスを傾けるのが常だ。給仕をしてもらうより気が楽で、結構なことだった。

まだ体育会系の学生のような純朴な雰囲気を残す孜は、これでも新聞記者をしている。新聞といってもいわゆるタブロイド判の小規模地方紙ではあるが、とにかく仕事柄この近辺の事件や事故の情報には通じている。自然と先日耳に入ったばかりの浜岡崇の事故のことが話題に上ったのだった。夜の街で史香に会ったことを、浩介はまだ志穂にさえ話していない。ひどく説明しにくい邂逅《かいこう》だった。

「中学の頃の浜岡はそんな無謀な子じゃなかったがなあ。仕事は何をしてたんだろう」

「フリーター……というか、基本的にぶらぶらしてたみたいですね。大学を卒業してはみたものの、遺産を食いつぶすような暮らしだったみたいです」

「らしくないって感じだわね」

志穂はグラス半分を一気に飲み干して言った。最近ウエストのサイズを気にしているわりに飲みっぷりは変わらない。

「あんな悲劇にあったからなあ。刹那《せつな》的な人生観を持っちまったのかもな」

「だけど先々の見通しのきかない子じゃなかったはずなのに」

志穂は腑に落ちないようだった。孜が考え深げに言った。

「うん、高校生のときに警察を驚かせるほどの洞察力を見せた子だったのにね。同時死亡の推定なんて話まで理解してたって言うんだから」

わけのわからない言葉が出てきた。「何それ」と目を丸くする姉夫婦を見て、孜は頭をかいた。

「ああ、そういやこれは、記事にしなかったもんな。証明のしようもないことだから」

「なあに、報道上の秘密なの」

「そんなおおげさなことでもないよ。今更誰が罪に問われるわけでもないしね。関係者に迷惑がかかるといけないから、他言はしてほしくないが」

「わかってるわよ。焦らさないでしゃべりなさい」

好奇心と、教え子の隠されていた部分を知りたい気持ちと双方らしく、志穂は弟をせっついた。浩介も同じ気持ちで孜のグラスを再び満たした。

「はいはい。……あそこの親、籍を入れたばかりの新しい夫婦が亡くなった件ね、原因は何か知ってますか」

そう問いかけてくるので、「食中毒だろう」と答える。「外れ」と言ってからその不謹慎な響きに気がとがめたのだろう、孜は改まった顔でグラスを置いた。

「中毒には違いありませんけどね。食中毒じゃなかった」

「そんな噂は聞いたけれど」

そういう志穂に、孜は目を剝いて見せた。

「やれやれ。これはちゃんと記事にしたんだぜ。一つ間違えばどこでも起こり得る事故だって、注意を促すために。読まれてないんだなあ」

「そういえば葬儀でも具体的な話はなかったな」

親戚の誰かによるあいさつは「青天の霹靂《へきれき》のような事故」「薬石《やくせき》効なく」など決まり文句が続くものだった。浩介の言葉に孜はあいづちをうった。

「誰の責任かが微妙なところですからね。遺族間でも複雑な感情があったでしょうし、わざとぼかしたんでしょう」

志穂が業《ごう》を煮やしたように、

「もうっ、さっさとしゃべりなさいよ。何の中毒だったの」

じっとしているのに飽きてぐずり始めた啓介を、孜は膝から降ろした。茶の間のおじいちゃんおばあちゃんの元にとことこ駆けて行くのを見守ってから、言う。

「夾竹桃だよ。あの植物には毒性がある。知っていたかい」

「夾竹桃って、うちの庭にもあるあれか？」

志穂は驚いた様子もなかったが、浩介はまったく知らなかった。

「パパったら、怖がらなくても大丈夫よ。普通の庭木に使われる木だし、別に風に乗って毒がまわってきやしないわ」

「怖がってなんかいないだろ」

思わず身構えて窓の外を見やっていた浩介は憮然とする。志穂はそんなことは気にもとめぬようで、

「だけど、どうしてそれの中毒なんかに。たき火で燃やしたりバーベキューの串に使ったせいで犠牲者が出た話は聞いたことがあるけれど、浜岡さんちはアウトドアで食べていたわけじゃないわよね」

「そこなんだ。ただの食中毒じゃないってことで、当然食べていたものを検査する。その日の献立はカレーだった。えらくシンプルなメニューだが、母親の苗子はあまり料理がうまくなかったらしいんだな」

唯一の得意料理がカレーである志穂は、軽く弟をにらむが何も言わない。

「で、そのカレーから夾竹桃の毒が発見されたんです。いや、まさしく夾竹桃の葉が、残ったカレーの中に何枚も入っていた。子供たちの証言では、調理に他人の手が入ることは

なく、すべて母親の苗子が行ったらしい。だがなぜ、苗子がそんなものを入れたのか。自殺や心中ということはまず考えられない。動機がない。夫が体の自由を失ったり事故死した直後ならともかく——いや、彼女は極めて勝ち気で意志が強く、逆境にあってもめげない人物だったようです。自分に十分な経済力があったこともあって、そんなときでも落ち込む様子はまったく見せず、意気盛んだった。まして新しい伴侶を得て新生活を始めるそのときに自殺するとは考えられない。第一植物毒なんて、自殺としてはあまりにも不確かな手段でしょ。致死量はもっぱら体重に左右されるみたいでね。この事件はたまたま、二人とも小柄だったから大事に至ったわけだけれども」

亡くなった二人と面識のある浩介と志穂はうなずいた。浜岡繁道も、性格こそ押しが強かったようだが男性としてはかなり小柄で、体格だけでいえば先に亡くなっていた芳枝夫人のほうが大きく見えたくらいだ。

「ならば事故かとも考えられました。その家の庭には様々な植木があった。夾竹桃のほかに月桂樹《げっけいじゅ》も」

「ああ」

思い当たったらしい志穂は、孜が残っていたビールを飲み干す間に浩介に向かって説明してくれた。

「月桂樹の葉っぱはスープやシチューの風味づけに使うのよ。ローリエって名前で、食品売り場でも売っているわ。それと間違えたんじゃないかってことでしょう」

「だけど月桂樹と夾竹桃って、そんなに似た葉っぱなのかい」

「そもそもどんな葉だか知ってますか、義兄さん」

問い返されて一言もない。夾竹桃の花は、以前義母の幸世に聞いたエピソードが心に残ってよく覚えているが、葉には――わが家の庭にあるにもかかわらず――至って曖昧な印象しかなかった。ましてや月桂樹となるとお手上げだ。孜はニキビの名残がある頬ににやりと笑みを浮かべて、

「いや、僕だって同じです。そりゃモミジあたりの有名な葉と並べられたら違うのはわかるけれど、月桂樹と夾竹桃だなんて、何が何やら。詳しい人なら一目瞭然《いちもくりょうぜん》なんでしょうが、その奥さんは植物学に造詣が深いわけでもなく、さっきも言った通り、料理もそれほど得意じゃなかった。ひょっとすると、庭の夾竹桃の葉を月桂樹と勘違いして摘んできて、カレーに入れてしまったのかもしれない。そういう見方がありました」

「でもねえ、そのあたりに詳しくない人が、自分の判断でよく知らない葉を料理に使うなんて、どうも解せないな。あたしなんて生まれてこのかた、カレーにローリエを入れたことなんかないわよ」

柿のタネをつまみながら、志穂は自慢にもならぬことを断言する。

「そう、警察でもすぐそういう反論は出たらしいよ。そこで、台所にあった空の小瓶に俄然注目が集まった。その小瓶には『ローリエ』と書かれた手書きのラベルが貼ってあった」

「手書き？　苗子さんの？」

「忘れたのかい。事件のあったのは浜岡家だよ」

柿のタネをかじる音が止まった。ビールを手酌で注ごうとした浩介の手もぴたりと止まってしまった。

孜は、二人の言葉にならない問いかけが聞こえたようにうなずいた。

「うん。となると、何のためかはさておき、瓶に夾竹桃の葉を入れておいたのは元の台所の主——先に亡くなっていた浜岡夫人の芳枝さんとしか考えられない。事件から二週間ほど経って、捜査本部でもそういう推測が生まれていたころだったんだ。崇君という少年が警察にやって来たのは。誰にも相談せず、一人の考えで来たそうだ」

実を言うとあの日、父・繁道は苦しみながら妙なことを言った——崇は応対にでた捜査員にそう話した。

「あのとき苦しみ始めたのは、父もおばさんもほぼ同時でしたけど……」

籍は入っていても、とうとう一緒に暮らすことのなかった彼女を「母」と呼ぶ気にはならないらしい。少年は途切れがちに話を進めた。

「119番する僕に父は……『苗子はもう駄目だ、そう言うんだ』と、うめくように言ったんです。そのときはただ恐ろしくて、電話口でその言葉を繰り返しただけでした。でもあとで考えてみると、一刻を争うときにあんな事わざわざ言うなんて、変だなって。それに僕には、相田のおばさんがまだ死んでしまったようには見えなかった……」

「というと?」

うっかり問い返した若い警官は、崇が「だって……手なんかまだ、ひくひくしてて……」と言ったきり絶句したので、慌てて失言をつくろった。

「ああ、わかった、いいんだよ。確かに妙だが、気にする必要はないんじゃないか? お父さんにはそう見えたというだけのことかもしれない」

事件の真相とはかかわりないようだし、という気持ちが顔に出たのかもしれない。崇はいらだたしそうに声を高めた。

「そうだったらいいんです。だけどひょっとしたら、父はおばさんがまだ生きてること、承知の上であぁ言ったってこともあり得るんです。同時死亡の推定という制度があるから」

「同時死亡……何だって？」

警察官でも民事の法律知識に精通しているわけではない。問い返すと、崇はあまり寝ていないのかやつれた頬に、かすかな笑みを浮かべた。

「父は弁護士でしたから……雑談のように法律の知識を教えてくれることがありました。そのとき聞いたんです。相続関係をもつ人たちが災害などに一緒に巻き込まれて死んだときは、同時に死亡したと推定する。遺産相続上の決まりらしいです」

若い警官は見栄を張るのが苦手な性格だったので、「どうしてそういう決まりが必要なの？」と重ねて聞いた。崇はしばし考え、ていねいに説明を始めた。

「話を単純にしておきます。子供のない夫婦が雪山で遭難して、数日後に二人とも遺体で発見されたとします。通常の相続ケースでは、夫が先に死ねばその瞬間に妻は夫の財産を相続します。その後に妻が死ねばその財産は妻側の親族に受け継がれます。一方、妻が先に死ねばちょうど逆のことが起こり、夫側親族がすべての財産を相続することになります。ところがこの場合のようにどちらが先に死んだと決定しにくい場合は、死んだ順番を巡って双方の親族間で争いが起こりかねません。そこで二人は同時に死んだと推定する。つまり二人の間では相続関係は生じない。親族はそれぞれの財産を相続して恨みっこなし。こういうことです」

面白いなと感心しかけて、担当警官はようやくこの少年の微妙な立場を理解した。少年は話が通じた様子に勢いを得たのか、今度はよどみなく話し続けた。

「事故直後は父が何を考えていたのかわかりませんでした。でも最近になって、同時死亡推定の話に絡んで父に以前教わったことを思い出したんです。死亡順序がはっきりしないからこそ同時に死亡したと推定するわけだけど、順序がわかっていたら――たとえば遭難の場合、一方の遺書が残っていてそこに他方が死んだことが書かれているようなときですね。そういうときは通常の相続が成立したという判例があるって。――僕の父と相田のおばさんは入籍していました。今回のような事件で二人が中毒死して同時死亡の推定が適用されたら、二人の財産はそれぞれの親族が相続します。でももし、二人の死亡順序がある程度はっきりしていたら。その制度が適用されないかもしれないと、父はとっさに考えたんじゃないでしょうか。だからまだ生きているおばさんが死んだと嘘をついた。証拠を残すために僕を通じて119番の人にそれを伝えた。そうしたら相田のおばさんの財産は父がその半分を相続できる、そのまま父が死ねば僕が受け継ぐことになる。本当にそう判断されるかどうかはわかりませんが、やってみる価値はあると思ったんでしょう」

警官はそこまで考えた少年の頭のよさに舌を巻いた。

「つまりお父さんは、君に少しでもたくさんの財産を残す可能性を狙ったわけか」

親の愛情というか執念だな、と思いかけた警官は、少年の顔が悲痛としか言いようのない笑みで歪むのを見た。

「それも、ないとは言いません。でもそれより——父は、本来史香ちゃんのものであるはずの財産を奪いたかったんだと思います」

「まさか。お父さんが中学生の子供に嫌がらせのような真似を？」

そんな馬鹿なと警官は思ったが、次に崇の口から出た言葉は、一笑に付していい内容ではなかった。

「だって何しろ、史香ちゃんは相田のおじさんの娘ですからね。坊主憎けりゃって言うじゃありませんか。父はおじさんを憎んでいました。おじさんは、死んだ僕の母と——」


浩介はとっさに声が出なかった。孜はさすがに崇や警官のやりとりそのままをしゃべったわけではないので、ここまで頭の中で、崇のセリフは塾に来ていたころ聞いていた落ち着いたテノールに置き換えて再現していたのだが、最後のところで脳が再現を拒否してしまった。しかしそれでいて、内容だけは嫌というほどはっきり伝わってきた。崇の母芳枝と史香の父治雄が愛し合っていた、と——。

「嫌な話よねぇ。子供にそんなことを考えさせるっていうのがね」

志穂が冷静にグラスを傾けているのが、浩介にはまた驚きだった。

「待てよ。そんな馬鹿なことがあるか」

「馬鹿とは何よ」

志穂はむっとしたようだった。

「だが家族ぐるみの付き合いをしていて、子供たちは兄弟同様なのに、親同士がこっそり関係をもつなんて考えられない」

「人目を忍ぶ方法なんていくらでもあるでしょう」

「そうじゃない、人間心理として不自然だと言ってるんだ」

「この道ばかりは理屈じゃ割り切れないわ。タブーだから刺激的だってこともある」

「やめろよ、スキャンダル雑誌の記事じゃあるまいし」

腹立たしさについ荒い言葉になったが、志穂は浩介に倍して腹を立てたようだった。勢いよくグラスを置いてきつい声を出した。少し酔いも回っているのだろう。

「やめてほしいのはこっちよ。パパの悪い癖だわ。汚いものから目をそらしていれば、なかったことにできると信じてるんじゃないの。そうはいくもんですか。本当にひどいことが目の前で起こったときどうするの？　目をつぶって見ずに済ませるつもり？」

志穂は自分ではそれと気づかず、浩介の心の傷に塩をなすり込む形になった。先夜、闇に舞う蝶のような史香の姿を見かけて以来、ざらざらした後悔にさいなまれ続けて赤剝けになった部分だ。

史香の言ったことが本当なら、彼女の今の生活はどこかが大きく間違っている。道学者のような意味合いで言うのではなく、ただ充実した幸せな人生を送っているものなら決して選ばない生き方であるとしか思えない。

史香が言った「アレ」という言葉――史香もあのことを、まだ覚えていたのだ。もしも、六年前のあの晩コンビニで手に取ったパッケージの延長線上に、今の彼女の無軌道な生活があるとしたら、それはあの件を追及しなかった彼にも責任のあることだった。六年前、史香が稚拙《ちせつ》な万引きによってぶつけてきた問い。たとえばそれは、性への幼い好奇心だったのかもしれない。浩介は結局それを、見て見ぬふりをしただけではないか。生徒の信頼を裏切りたくないというのは、裏切ることによって悪者になるのが怖かっただけだ。自分が逃げたせいで、史香の問いはどこかで捻じ曲がって、彼女を今いる場所まで連れて行ってしまったのではないか。自分が悪者になってでもあの件を徹底的に追及していれば――。

しかし心の痛みは浩介に、反射的な防御をさせた。つい捨て台詞のように言ってしまう。

「薄汚い見方ばかりしていると、どんなことでも実際より汚れて見えるようになるもんさ」

「いい気なもんよね、あなたって」

さっきから一転した冷ややかな声、しかも呼び方が「パパ」から「あなた」になるのは、相当腹を立てたしるしだった。

「自分がいつもきれいごとで生きているから、そばにいる者はバランスをとるために現実を見つめなきゃならなくなる。それに気づかないの」

浩介はぐっと詰まった。それを言われると一言もない。志穂は昔から正義感が強くて純粋な女だ。しっかりした男と一緒になっていれば、それに守られて美しくて正しいものばかり見ていられたかもしれない。しかし現実には浩介のような弱い男を亭主にもったせいで、ちょいちょい前線に立って戦うはめになっている。浩介もそれは自覚していた。

謝ったほうがいいか、と思ったとき、しばらく忘れられていた孜が不器用に事態収拾に乗り出した。

「はは、まあいいじゃないか、姉さん。義兄さんのような人なら、絶対不倫に走ったりしないってことだからさ」

「この人にそんな度胸があるもんですか」

志穂は鼻で笑ってそっぽを向き、孜は逆効果を悟ったのか悄然と肩をすぼめる。さすがの浩介もこの言い草には頭に来た。亭主を嘗《な》めるにもほどがある。謝ろうと思っていた気持ちは成層圏まで消し飛び、浩介は憤然と手酌でビールを注いだ。ぬるくなったビールは泡をあふれさせてテーブルを汚した。

台布巾で素早くそれを拭ったのは、いつの間にか立ち上がって来ていた幸世だった。

「酔っ払いが揉めるのはやめとき」

薙刀《なぎなた》の師範あたりが出しそうな静かな声に、酔っ払い三人はいっせいにかしこまった。

「あんたこそ悪い癖じゃわ、志穂。人に何かわかってもらいたいときは、ちゃんと根拠を説明しんさい」

どこまで聞いていたのかそんなことを言って、賢い姑は茶の間に戻っていった。志穂は子供のように拗ねた顔で、早口に説明を始めた。

「あたしは子供時分からここに住んでいて、パパよりは近所の事情に詳しいんだからね。浜岡さん相田さんご夫妻は高校のころから仲良し四人組だったようだけど、芳枝さんと治雄さん、繁道さんと苗子さんって組み合わせだと思われてたの、あの頃は。だけど治雄さんはお店の跡取り息子。浜岡さんちは昔から、このあたりじゃちょっと知られた土地持ちで、芳枝さんはそこの一人娘だった。だからこの二人の結婚には、どっちの両親も首を縦に振らなかったの。芳枝さんも治雄さんもおとなしいから、自分の意志を通そうとはしなかった。その後、仲良しの一人で治雄さんよりは身軽な体だった繁道さんが、縁があったのか芳枝さんと結婚して養子に入った、苗子さんは治雄さんのところにお嫁に行ったというわけ。そういう過去のいきさつがあるんだから、芳枝さんと治雄さんの間に忘れられないものが埋《うず》み火《び》のように残っていて、それが何かのきっかけで燃え上がったとしても不思議じゃないってことよ」

それだけ一息に説明して、志穂はまたそっぽを向いた。

家の事情で恋人同士が引き裂かれる——。この時代にまさか、という気がしたが、考えてみればもう二十年以上前のことだ。「家」意識は現在より強かった。頭の堅い親も多く、おとなしい子ならそれに逆らえないケースも珍しくなかったのだろう。ひそかに心の底に埋めた思いがいつしかまた芽吹いてしまったとしても、それを単純に非難することは浩介にはできなかった。ただそれが子供の心に影を落としたとすると、あまりにもやり切れない。

そう考えたところで、崇の話だったことを思い出した。

「それで、話の続きは」

「ひゃあ、すみません」

孜はすっかり恐縮して、大きな体を縮めながら言葉を継いだ。

「ええと、崇君が警察に、相続問題について相談に行ったところまででしたよね。もちろん警察は民事不介入が原則ですから、崇君に対してその問題についての意見を述べるのは控えたようです。信頼できる親戚か、お父さんの知り合いの弁護士に相談してみるようにくらいのアドバイスはしたんだろうけど。それより警察が注目したのは、月桂樹の瓶に夾竹桃の葉が入っていた事実にこれで幾つかの説明が考えられることでした。もしそれが芳枝さんの相手だったとされる相田氏の死後のことだったとしたら、彼女は自分の自殺用に毒物を用意していたのかもしれない。おっと、これは言っちゃまずかったかな」

　孜は慌てたように自分の口をふさいでみせる。

「いや、噂で大体のことは知っているよ」

「ははあ、ご近所ネットワークを甘く見ちゃいけませんね」

「それじゃ、その毒を使って後追い自殺しようとしたんじゃないかってことかい」

「うん、まあそういうことです」

「しかし、不倫相手に死なれたからって後を追おうなんて考えるものかな。子供もいるのに」

　志穂を見やるが、自分の説明担当部分を終えたことでストライキに入ったか、あさってを向いたままだ。

「だそうだよ、姉さん」

気をつかってか孜が通訳すると、志穂はひらひらと片手を振ってみせた。

「私にわかるもんですか。人それぞれじゃないの。不倫って呼んだら軽いけどね、どれくらい真剣な思いだったのかは本人にしかわからないもの」

しかしそれから考え込むように、案外真剣な表情で空になったグラスの縁を指でなぞった。

「だけど誰であれ大切な人に死なれて、もう生きていけないと思うほど悲しいってことはあるでしょう。たいていは何かが引き留めてくれる、それこそ子供とか夢とか仕事とか、それとも日々のちょっとしたことがね。だけど、たまたまいろんなことが悪いほうに重なって、坂を転がり落ちるように死に向かってしまうことはあると思う」

「繊細な人だったみたいだからな」

反応なし。こん畜生。

「日頃から細かいことを気に病《や》むことが多くて、ノイローゼか鬱病《うつびょう》だったんじゃないかって声も近所にはありました」

孜が記者らしいコメントを挟んだ。

「そうして結局、自分で命を絶ってしまったわけか」

「ええ。実際には毒じゃなく、台所にあったナイフで……だったみたいです」

思わず三人とも、サラミを切るためにテーブルの上に置いてあったペティナイフを見てしまい、気まずい視線を交わし合う。

「自筆の遺書もあったと聞いています。簡単な内容だったようだけど、その点には不審はありません。戸締まりもきちんとされていたそうだしね。事件性は薄いので、遺族感情も考慮して記事にはしませんでした」

「その点には、って、どういうこと？」

引っ掛かったように志穂が尋ねた。孜は言いにくそうだった。

「うーん。自殺自体に不審はないんだけどさ。つまりね、さっきも言いかけたように、夾竹桃の葉の使い道にはほかにも可能性が考えられる。もし浜岡芳枝さんが、相田氏が死ぬ以前にそれを用意していたとしたら、夫の浜岡氏を殺すために使うつもりだったんじゃないかってこと。でも相田氏の死で夫を殺す意味もなくなり、失意の余り愛人の後を追った」

今度という今度は、志穂でさえ一瞬声を失ったようだった。だが、すぐにいつもに倍する勢いを取り戻し、しかし茶の間の両親と子供たちをはばかってかひそひそ声で、

「何よそれ何よそれ何よそれっ。ダンナを殺して不倫相手と一緒になるつもりだったって

こと？　それは考えられない。そんなはずはないわよ。あたしは芳枝さんのこと、大してよく知ってるわけじゃないけど、それでも殺すよりは自分が死ぬのを選ぶ人よ。自殺の手段として取っておいたって考えのほうがずっとまともだわ」

すごい見幕でまくしたててから、ふと浩介の視線に気づいたようだ。

「何よお、何か言いたいわけ？　あたしは甘い考え方してる気はないからね。人間の性格ってものを考えて客観的に判断してるんだから」

言いたいことがないわけでもないが、言わない。

「いいから、もう揉めないでよ」

孜は八の字眉毛をさらに下げて、

「とにかく、そういう可能性も考えられるってだけの話なんだから。結局のところ、すでに亡くなっている浜岡夫人がどんなつもりで夾竹桃の葉を用意していたのかは、誰にもわからない。ましてそれが実際に使われてしまったことについては、不慮の事故としか言えないからねえ。警察でもそう処理されたし、ウチの新聞でも、夾竹桃の危険性を書いた後はもう追及しなかったわけ」

浩介は考え込んだ。打ち続く悲劇、しかも悪意が介在したとは思えない（浜岡芳枝の最初の意図については多少の疑問が残るとはいえ）運命的な不幸で、二つの家族は次々とその人数を減らしていった。輝かしい青春の中にいるはずの崇までもがその不幸に捕らえられたように世を去った今、残された史香はどんな思いで日々を過ごしているのだろう。その目に世界が優しいものと映っているわけはなかった。かといって行きずりの男との関係で心が安らぐとも思えない。

ぬるくなったビールは苦いばかりだった。

4

「お電話ですよ。相田さんて名前の、お若い方から」

やや不審そうな顔で義母が取り次いでくれた。つい数日前に話題になっていた娘だと知らないからだろう。

「はい」

答えた浩介の声は、すんでのところで裏返しになるところだった。史香に一体どう対していいのかわからないのだ。

「もしもし」

最小限の言葉で電話に出ると、向こうも小さな声で「もしもし」とだけ言った。

「相田か」

「先生？」

またそこで言葉が途切れてしまう。先夜のような派手な笑い声をあげられるよりいいが、どう話を進めていいのかわからない。と、そのとき史香は草原の彼方で吹く風のような遠い声で言った。

「先生、来てもらえないかな……」

「どこへ」

「崇兄ちゃんのうち。お母さんとおじさんが死んだうち」

そういえば例の同時死亡の推定制度がどうあれ、浜岡家の家作は父親の死後、崇が相続したはずだ。しかしあの「事故」以来、そこに住む者はいなかったらしい。かといって売りに出される様子もなくそのままになっている、といつか聞いた覚えがある。浩介のうちからは車で五分、歩けば二十分ばかりかかるところだ。

「それは構わないが、志穂先生が授業中なんだ。僕は運転免許がないだろう。もう少し、授業が終わるまで待ってもらえれば……」

「すぐ来てほしいの。お願い」

こちらの言葉を遮るように、また遠い風が吹いた。とてもはねつける気になれないような心細げな声だった。

やはり運転免許は必要だな、とこういうとき必ずする反省をまた繰り返しながら、浩介はタクシー会社の電話番号を探した。魔女とまだ武装中立の域を出ない腰のコンディションを考えると、歩いて行くのも、また自転車という手段も避けたほうがよさそうだった。

そういえば史香が前に訪ねて来たときも、今日と同じ曜日、同じ時間帯ではなかったか。この日は志穂が手を離せないから別の日に遊びにおいで、とそのとき言わなかっただろうか。


小暗い黄昏の中に、ピンクのタンクトップから剝き出しになった腕が白く浮かび上がっている。史香はもと祟が住んでいた家の、門の内側にたたずんでいた。史香は黙って門扉を引き、浩介を迎え入れた。今日は先夜のような化粧はしていない、自然な顔色だった。

庭は荒れていた。花壇だったとおぼしい部分には草がはびこって、仕切りに使われたレンガも半ば隠れている。庭木もバランスを無視して枝をのばし放題なものがあり、そうかと思えばツルに絡みつかれて勢いを失ったものもある。

先に立って家のほうに向かいながら、史香は庭の一角を指さした。

「先生、あそこ。夾竹桃が生えていた場所」

そこには、切られて久しいと一目でわかる切り株があった。

「知ってるでしょ？　このうちで何があったか」

史香は唇にかすかな笑みを浮かべてこちらを見上げる。二人は玄関の前に来ていた。

「ああ……お母さんたちが夾竹桃の葉の中毒で亡くなったことは」

用心しながら、それ以上のことは口に出せなかった。史香が知らなければ無論のこと、知っているとすればなおさら。しかし史香の話は心配した方向には進まなかった。

「あの後、そのころまだ元気だった祟兄ちゃんのおばあさんが木を切らせたんですって。息子の仇みたいなものだもんね」

かわいそうに、毒があるのは木の責任ではない。それに——と言いかけて、危ういところで言葉をせき止めた。あの「事故」によって家族を奪われた史香に、そんなことを聞かせるべきではないと思ったのだ。

「夾竹桃は図太いほど丈夫で、ひどい環境でも平気で育つから、道路脇なんかにもよく植えられるんですってね。強くて丈夫で、派手な花を咲かせるくせに毒がある。なんて嫌な木」

切り口の色がすっかり古くなった株を見つめながら、夾竹桃と同じ色をまとった娘は、それこそ毒を吹きかけるような口調で言った。

「それより、一体どうしたんだ」

過去の悲劇の思い出から彼女を引き戻そうと、浩介はそう声をかけた。すると史香は、

「中で話す」

そう言うと取り出した鍵で玄関のドアを開けた。こちらの反応も見ずに中に足を踏み入れる。

「おい……」

引き留めようとした浩介の手は宙に浮いた。ピンクのタンクトップからのぞく肩は、女らしく丸みを帯びて滑らかな張りがあり、うかつに触れるのをためらわせるものがあった。暴れるのを抱き締めて押さえた中学生のときとはわけが違う。

慌てて後を追うと、たちまちむっとする空気に包み込まれた。史香はすでにサンダルを脱いで玄関から続く廊下に上がっていた。白いショートパンツからすらりと伸びる、やはり白い素足が暗がりの中で動いている。

「待ってくれよ。ひどく暗いみたいだが」

「電気も来てないからね」

「入っていいのか。この家は確か、浜岡さんの」

「怖いの、先生?」

廊下を二、三歩歩んでいた史香は振り向いた。上半身はすっかり蔭の中なので表情は見えないが、その声は、嘲りと言わぬまでもからかいの笑いをはっきりと含んでいた。

「そんなんじゃない」

誰のものとも言えない暗いうちの中で、若い女性と二人きりというのは何というかその、洒落にならないほど大きな問題を含んでいるのだが、とっさに短い言葉で説明できなかった。下手をすると、自分が相手をそんな目で見ていると史香に感じさせることになる。それにはひどく抵抗を覚えた。後ろめたい気持ちも多分に含まれていたのかもしれない。

「こっちの部屋なら明るいよ」

史香は廊下から続くドアを開けた。仕方なく浩介もスニーカーを脱いだ。史香はノブに手を置き、特別な客を迎え入れるように背筋を伸ばして立っている。リビングダイニングらしく広いその部屋は、なるほど大きな窓から薄暮の光が差し込む分、廊下よりは明るかった。彼女の唇が動くのが見てとれるくらいには。

「意外と荒れていないでしょ」

「そうだな」としか答えようがなかった。人の住まなくなった家の中をあまり見たことがなく、比較のしようがない。少年時代に一度、あちこちの壁が落ちて文字通りの廃屋となった民家に友人たちと冒険に入ったことはあるが、あの家は打ち捨てられてからどのくらい経っていたのだろう。目の前にある部屋は、暗くてはっきり見えないとはいえ、あれとは比べものにならないくらいちゃんとしている。食卓らしいテーブルや椅子も、リビングスペースであろう場所に置かれたソファセットも、その気になればここですぐまた生活が始められそうな様子を見せていた。じっとり湿った不快な空気は、このうちに人が住まなくなって久しいことを示してはいたが。

「崇兄ちゃんが生きてたころは、ときどき風を入れにきて、掃除したりもしてたの。今持ってるのはその頃作った合鍵。最後に来てからもう二カ月になるんだなあ」

「二人で来ていたのかい？」

「そう、二人で」

史香は後ろ手にドアを閉めた。意外に大きな音が響いた。

その余韻も消えないうち、浩介はすべらかな細いものが肩と首筋を捕らえるのを感じた。「わあっ」と声にならなかったのは、唇をふさがれたからだ。微妙に毳く柔らかいものが歯の透き間から入ってこようとするのを感じて、頭の中でいくつもストロボが焚《た》かれたような光が炸裂した。

「先生。……あたしを抱いて。ここで」

いったん離れた唇からそんなささやきが漏れる。拒絶しなければと思うが、頭がのろのろとしか働かない。しかもそのわずかに動く部分は、志穂の手がふさがっているときに電話をかけてきたのはこのせいか——などと今さら詮ないことを考えている。

「あたし、先生のこと好きなの。中学の頃からずっと。あたしもう大人なんだから、いいでしょう?」

襟元から差し入れられた指先が肩甲骨あたりでちろちろと動くのを感じながら、浩介はまだ反応できなかった。史香はまた顔を離し、今度は小悪魔のようにはっきりと嘲笑を含んだ声で聞いた。

「それとも志穂先生が——奥さんが怖いの?」

その声が、先だっての夜の志穂の声と重なった。『この人にそんな度胸があるもんですか』この野郎、と思った。嘗められた怒りが彼を突き動かした。もう一度唇が合ったのは、浩介のほうから顔を近づけたからだった。

キスがもう三秒でも長く続いていたら、こちらから彼女の背に腕を回していたかもしれない。細いうなじに指を這わせていたかもしれない。それから——。

しかしそんなことは起こらなかった。どうするつもりだったかは置くとして、浩介がほんの少し身動きしたそのはずみに——腰に痛みが走った。存在を忘れられて苛立ったらしい魔女が、一撃を放ったのだ。

先日と比べれば遥かに軽い一撃とはいえ、彼を凍りつかせるには十分だった。不自然に動きを止めた男を、娘はいぶかしそうな視線で見つめる。浩介は邪険になりすぎないよう史香の体を押し離すと、よろよろとソファセットに歩み寄ってその背に両手をつき、大きく息を吐いて体を支えた。傍から見れば世にも情けない格好に違いなかったが、そんなことにかまうゆとりはなかった。

なんてことだ、妻子ある身で教え子の誘惑に乗りかけるなど。――いや、ごまかしてはいけない。誘われたのに違いはないが、そもそも再会してからずっと、彼はこの元教え子のことを肉体的に魅力ある対象として見ていたではないか。挑まれて即座に拒絶できなかったのは、戸惑いながらも喜ぶ気持ちがあったからだと言われても否定できない。それでも向こうがこちらに本気で惚れているなら応じたとしても情状酌量の余地があろう。だが、もしもあの晩史香が言ったことが本当なら、自分は彼女の、軌道を外れた不幸な性生活のターゲットに選ばれたにすぎない。いっときの激情に流されてその相手になっていたとしたら、彼は自分のことを生涯、女性の不幸につけ込む卑劣な男と認識しなければならなかっただろう。自己嫌悪の重さに座り込みたかったが、残念ながら魔女はこれ以上体を曲げることを許してくれなかった。

「どうしたの先生」

「駄目だ、こんなことは」

浩介はようやくその言葉だけを、肺腑《はいふ》から絞り出した。実際問題としても「駄目」なわけだが、『こんなことは間違っている』と言えるきっかけを与えてくれた魔女に対しては感謝の心で一杯だった。よくぞ今この瞬間に動き出してくれた。まったく、人生という奴ははずみだ。背中を伝って汗のしずくが流れ落ちた。暑ささえしばらく念頭から離れていた。

「先生も崇兄ちゃんとおんなじ」

冷え冷えとした声だった。流れたばかりの汗が凍るのではないかと錯覚するほどに。

「崇兄ちゃんにも頼んだのに、ここで。今ここで抱いてって頼んだのに。いつも冷たい顔で、駄目だって。あたしには世界で崇兄ちゃんしかいなかったのに。ここで二人して確かめたかった。あたしたちは間違ってなかったって」

史香は両腕をぱっと広げ、すぐにそれを交差させて我が身を抱き締めた。声はだんだん高くなっていた。

「意気地なしだわ、先生も崇兄ちゃんも。そうよ意気地なしよ、崇兄ちゃんなんて。悔やんだりしないって言ったじゃない。あたしは一回も後悔したことないよ。あの人たちを殺したからって」

物騒な言葉そのものよりも声の激しさのほうが、史香は嘘や冗談を言っているのではないと告げていた。

「あの人たち？」

音をたてると飛び去ってしまう小鳥をつかまえるように、浩介は用心しながら尋ねてみた。耳に入ったのかどうか、

「あたし、ママのこと大嫌いだった」

史香は唐突にそう言った。

「そうか」とだけ応じる。

「そうよ。だってパパのこと殺したんだもの」

「だが、お父さんは事故で」

「事故に見えるように自殺したのよ。不自由な体を引きずって、自分で浴槽に入って溺れ死んだの。そのほうがあたしたちに迷惑がかからないから。わざわざあたしとママが連れ立って出掛けるときを選んで」

「しかしそれなら」

やはり殺されたわけではない。そう続けようとしたが、史香は激しく首を振ってまた先

回りした。

「確かにママが手を下したんじゃない。だけど、あたしはっきり覚えてる。パパが沈んだ浴槽の水に小さな紙の箱が浮かんでいたこと。ちょうどパパの手から離れて浮き上がったみたいに。だけど、二人でびしょ濡れになりながらパパを水から引き上げて、ママが人工呼吸するから救急車を呼んでって言われて……泣きながら119番して戻ってみたら、もうその箱は見当たらなかった。そのときはそれどころじゃなかったけど、ママが隠した以外にあり得ない。どう見ても他殺の可能性はなかったから警察の捜査もすぐ終わったけれど、あたしは気になったからママに聞いてみた。あの箱はなんだったのって。そうしたら、たいしたものだったわ、あの女」

夾竹桃のことを語ったときと同じ、吐き捨てるような口調だった。

「落ち着いた顔で、『あれは、まだ史香には説明が難しいけれど、体が不自由になったパパの無念さを表したものだったの。ほかの人に見られたらパパが恥ずかしいだろうと思って片づけたのよ』って。もし怖い顔で『誰にも言うんじゃないわよ』とでも脅されていたら、どんな子供だっておかしいと思う。言ってはいけないと禁じられたらますます言いたくなる。だけどママは口止めさえしなかった。凄い度胸だと思うわよ。ほかの人、たとえば警察に知られたとしても問題は起こらないって自信があったからでしょうけれど。だからあたし素直に、パパが恥ずかしいことなら誰にも言っちゃいけないと思って、それきりにしていたの。だってまだ中学生だったものね、仕方ない。だけどもし誰かに、せめて崇兄ちゃんに話していれば、そのあと浜岡のおばさんは殺されずに済んだかもしれない」

史香はまた恐ろしい言葉を口にした。

5

あの晩——浜岡のおばさんのお葬式から三カ月ほどたった頃だった。うちのお母さんは仕事でよく遅くなっていたから、そういうときは戸締まりをしっかりして、大人がいないことがわからないようにリビングの電気はつけたまま、二階の自分の部屋で先に眠るのに慣れていた。あたし、いつも早寝早起きだし、寝つきがいいから一度眠ってしまうとまず目を覚まさないの。だけどクラスのみんなから、好きな歌手が夜の番組に出ているのを見た話をその頃よく聞くようになってた。だからその日は、リビングルームのソファに丸くなって深夜番組にチャレンジ、ってのを初めてやってみたのよ。極楽極楽ってところね。まさかそこから地獄へ直行するとは思わなかった。
……夜更かしに慣れていなかったから、テレビを見ながらとろとろ眠っちゃって、気づいたらお目当ての番組はとっくに終わってた。失敗したなあと思いながらリモコンでテレビを切って、眠りに行こうと思ったとき、表で車の音がした。ママが帰って来た、夜更かしを叱られる。あたし、咄嗟にソファに元通り伏せた。ママはいつも、リビングには電気を消しに寄るだけで、そのままシャワーを浴びて寝るんだって知っていたから、その後こっそり抜け出せばいいやって。小さくなっていれば、ソファの背に隠れてリビングの入り口からは見えないこと、子供のころの隠れんぼでよく知っていたの。

だけどその晩、ママには連れがあった。ママはいつものようにリビングの電気を消したけれど、そのまま出てはいかずに連れと話しながら「畳部屋」のほうに行ったみたいで——あ、あたしんちのリビングはね、ソファセットを置いたフローリングの一角に、四畳半ほどの畳のスペースをこしらえたものだったの。その畳の部分を畳部屋なんて呼んでいたのよ。改装したとき、和室洋室どっちも楽しめるようにってママのアイデアだったみたい。今でこそ聞くけれど、昔はそんな形式の部屋、珍しかったでしょう。鼻高々だったみたいね。その頃元気だったパパは、こんなの見たこともないって戸惑っていたそうだけど。

ママたちは、畳部屋の部分だけの明かりをスポットライトのように灯して話をしていたわ。二人とも少し酔ってるようだったけど、続きの台所からまた何か持ってきて飲んでいるみたいで、グラスの音がしていた。相手が崇兄ちゃんのお父さん——浜岡のおじさんだってことは声ですぐわかった。あたしがいるなんて思いもせず、二人とも特に声はひそめずにしゃべってたから。こっちは暗いし、ソファに隠れているから見つかるわけないと思っても、すごく冷や冷やした。名乗り出るタイミングは逃してしまっていたしね。

そうしたら話の流れの中で、おじさんがしみじみって感じで言ったのよ。「やっと死んでくれた」って。ママが笑って、おじさんも笑って、ぞっとするほど幸せそうな笑いだった。

「蓋を開けてみれば簡単だったわね」

「君のほうは手間をかけたな」

ふふ、とママは満足そうに、

「まあ、ね。あなたと会うたび、中身の減った箱をあの人の見えるところに置いておいただけではあるけれど」

「悪い女だな。亭主にとってこれほどの屈辱はない。かといって直接罪に問われるようなことをしたわけでもない」

「あなたの考えた手じゃないの。そうすればあいつを追い詰められる、意気地なしだから、恨み言を書き残す度胸もないだろうって」

「そうだったかな」

「いいわ、とぼけてなさい。そういうあなたはどう？　脅迫罪か何かに問われるようなことをしたんじゃないの？」

「まさか。これでも弁護士だ。長いことかけて冷静に、あいつと結婚したのがいかに失敗だったかは説いて聞かせてやったが、手を上げたことなどない、声を荒げてさえいない。いわば夫婦間の意見交換の一つだ。罪に問われる可能性などないね。あいつは鈍くて何を言っても理解しなかったが」

「まったくだわ。高校のころから、芳枝は本当に頭が悪かった。皮肉を言ってやってものろのろ笑ってばかり」

「あれじゃみっともなくて、弁護士仲間の付き合いにも連れて行けなかった。それを言うなら治雄だってそうだろう」

「体がまともなうちだって、商売のことは何もわかっちゃいなかったわね。親から引き継いだやり方をそのままやっていただけ。だから私が、エステサロンを広げるチャンスだからこの店を担保にしたいと言っても、身の丈に合わないことはやるなの一点張り。もう私に養われるようになってからの話よ。あんな体になって、まだ私に指図できると思ってたんだから笑えるわ」

「負け犬にしかなれない奴らはいるもんだよ。俺たちは違う、だから俺たちが一緒になれば」

「あら、まだ駄目よ」

　ママが何かを押し返す気配がして、

「それじゃ結局、あなたはどうやって自由になったの。聞かせてくれなくっちゃ」

「簡単さ。婉曲にやるからいけなかったんだ。最終的には率直にこう言った。『お前が死んでくれればすべては丸く収まる。ただし俺や崇には迷惑がかからないような形でやってくれ』。そのときはいつものようにぼんやりしていたが、さすがにわかったみたいだな。ちゃんと遺書を残して死んでくれたよ」

　黒板を引っ掻くみたいな耳障りな音がした。ママの笑い声だった。

「見事だわ。死んでくれ、と頼んだだけですものね。断ることだってできたのに、唯々諾々と死んじゃったのは向こうの勝手。こちらは何も悪いことをしていない」

「そういうことだな。悪いことといえばこれくらいか」

「もう。史香が二階に……」

　ママの声が甘ったるくとろけた。

「大丈夫さ。帰ったときはいつもぐっすり眠っていると言ってたじゃないか。もう今までみたいに、誰にも見つからないよう遠出して逢わなくてもいいんだ……」

「悪い人だわ、あなたこそ。私がこうなっちゃったのはあなたのせいよ。あなたがこんな……」

6

「先生、わかる？　あたしがどんなに恐ろしかったか。すぐそこで、大きな二匹の獣がうなったり叫んだりしているの。さっきまで確かに人間で、それも片方は自分のママだったのよ。あたし震えながら、神様、見つかりませんようにってお祈りしてた。見つかったら殺される、食べられちゃうと思った」

　ささやくような声だったが、それは絶叫だった。

「おじさんが帰るのをママが送りに行った隙に、大急ぎで自分の部屋に上がってベッドにもぐりこんで、眠ったふりをした。ママがのぞきに来たけれど、ちょっと戸を開けただけだったからよかったの。もし中に入ってきて顔でも見られたら、あたし悲鳴をあげてたと思う。その晩は一睡もできなかった……」

　暗い記憶が史香の口を閉ざしたようだった。沈黙に耐えかねた浩介は、ひどくタイミングのずれた問いを発した。

「それじゃ、その箱というのが」

「そうよ。先生も知ってる、アレ」

窓からの光が陰り、落ちかかってきた闇の中で、娘の唇が上向きの弧を描いた。

ほかの男性との逢瀬《おうせ》で使った避妊具の箱を、体が不自由になった夫に見せつける――。

相手が自分にとって不要な、いや邪魔な存在であることを、言葉を用いずに表現するすさまじい悪意。それでいて、誰に見られたところでその悪意を証明されることはない狡猾《こうかつ》さ。

そしてついに、相手の善良さをも利用して死へと追いやった冷酷さ。二人の男女の企みは、浩介の胃に絞り上げるような不快感を与えていた。しかも自分は十四歳という年齢ではなく、本人たちの口から話を直接聞いたのではない。その一方が実の母親だったわけでも、それによって父親が死に追いやられたわけでもない。

当時の史香は、これほどのおぞましい事実をどうやって耐えたのだろう。

「崇兄ちゃんに相談したの」

浩介が抱いた疑問に答えるように、史香は再びしゃべり出した。

「ママとおじさんが話していたこと、すっかりわかったわけじゃない。でもママたちが悪いこと、もう人間じゃなくなるほどひどいことをしたのは何となくわかっていた。あたし、崇兄ちゃんなら何でも知っていて、何でもできると思ってたから、一体どうすればいいのか聞いてみたの。崇兄ちゃんは怖い顔をして、しばらく待てって言った。その、待ってる間だったな。コンビニでつかまっちゃったのは」

　できれば聞かずにいたかった。この一時間のことがすべて夢だったら――そうでなければ、いっそあのコンビニ事件以後のことがすべて夢だったらよかった。浩介はきつく目を閉じてそう思った。目を開けたとき見えるのがあの日の史香だったら。物分かりのよさそうな顔などせず、無理やりにでも理由を聞き出すものを。「そのうち説明してくれ」などとふやけたことを言いはしない。十四歳の娘を突き動かしていたのは、性への好奇心などでも、父を失った寂しさでもない。自分からはとうてい説明できるはずのない、恐ろしい疑惑だったのだ。母が狡猾な手段で父を死に追いやったのかもしれないという――。崇の答えを待つ落ち着かない時間、言葉で説明できないからこそ、史香はああいう手段に出た。浩介をわざわざ名指しして。なぜ彼が選ばれたのかはわからないが、史香のほうこそ自分より物事をよく知っているはずの大人に説明を求めたかったのだ。自分があの暗い夜に聞いたことは何だったのか、ほかの解釈はできないのか、と。

　いくら悔やんでも足りないが、あのとき失敗した自分だからこそ、今逃げることは許されなかった。浩介はソファの背で体を支えて史香の言葉を待った。

「一週間ほど後だったかな、崇兄ちゃんに呼ばれてこのうちに来たのは。おじさんは留守だった。崇兄ちゃん、庭の夾竹桃の木の下で、何もかも説明してくれた。ママやおじさんが何をしたか、私にもわかるように。……ママとおじさんは、昔から好き合ってて結婚したかったらしいの。だけど周囲に反対されて引き裂かれたって。おじさんが弁護士目指して勉強していた大学時代に、会社を経営していたお父さんが急な病気で死んじゃって、会社もすぐいけなくなった。何もかもなくして、住んでいたうちからも叩き出されるように出なきゃならなくなって、ずいぶん悔しい思いをした。意地でも弁護士になってやろうと思っても、いつ司法試験に受かるかわからない、受かってもすぐ生活していけるわけじゃない。そんな状態だからママのうちの人が絶対許そうとしなかった、あんまり反対されるからおじさんちの側でも怒って、すっかりこじれちゃったんですって」

「それで『引き裂かれた』……か」

「そういうことみたい」

葬儀のとき感じた親戚の間のぎこちない雰囲気は、目先の遺産問題のほかに、遠い日の確執が長い影を落としていたからかもしれない。思い合っていたのに結婚できなかったという事情は、芳枝と治雄だけでなく、繁道と苗子の二人にも存在したということになる。

「崇君がそれをみんな調べたのか？」

「崇兄ちゃんは何でも知ってて、何でもできる。あたしの思ったとおりだった」

史香の声は誇らしげだった。

「だけど、ほんと言うとね、ほとんどはおじさんからうまく聞き出したらしいの。多少は親戚からも確認をとったらしいけど。おじさんはおじさんで、うちのママとの再婚話をお兄ちゃんにどう切り出そうかと思ってたみたいだから、理解のあるふりをしたら、『弁護士のくせにうまく誘導に引っ掛かった』ですって」

最後のところは崇の口調そのままだろう、冷ややかな調子だった。

「崇兄ちゃんは、その『引き裂かれた』って言葉が一番許せないと言ってた。結局二人とも、好きな相手と自分の生活を天秤《てんびん》にかけて選んだのよ。本当に相手と離れたくないなら、家出して一緒になることだって、生活していけるようになるまで何年か待つことだってできた。でも二人ともそれはしなかった。その代わりに同じようなことをしたの。高校時代からの友達で、おとなしくて自分たちのすることに文句を言わないタイプの、安定した生活基盤をもった相手と結婚した。そうしてそれぞれ、野心を満足させる足がかりを着々と作りながら、自分たちのことを周囲の無理解に引き裂かれた悲劇の恋人同士だと思っていたのよ。馬っ鹿みたい、いい歳して」

「いい歳して」は若者にしか言えない残酷な言葉だが、自分たちの選択の結果を周囲の責任にした彼らは、確かに愚かと言われても仕方がない。愛する相手と結婚できなかった四人は、高校時代の友情にすがるように相手を入れ替えてみた。そこには様々な思惑があったのだろう。安定を求める気持ち、打算、だが新たな相手への優しい思いもまったくなかったわけではあるまい。しかし苗子と繁道は、生活の中でやはり何かが違うという気持ちを募らせ、それが次第に目の前の配偶者への怒りと軽蔑に変わっていったのだろう。自分の力で安定を得られるようになったとき、かつて失ったものを取り戻そうという気持ちを抑えられなかったに違いない。それが彼らの強さであり、同時に愚かさでもある。

それでも浩介は、同じ男として浜岡繁道に対して軽い憐憫《れんびん》を覚えずにいられなかった。かつて愛し合いながら別れた女性とようやく一緒になれることで、押しが強く上昇志向に満ちた男だったらしい彼も、まるで無垢《むく》な高校時代に戻ったようなときめきを覚えていたのかもしれない。昔の思い出や将来の展望について、わくわくと息子に語ってきかせたのだろう。息子の怜悧《れいり》なまなざしで見抜かれていることなど気づきもせず。

「おじさん、崇兄ちゃんに『お前の母さんには感謝している』と言ったそうよ。だけど、あたしが聞いたあの晩の言葉は全然違っていた。そして両親をいつも見ていた崇兄ちゃんには、どっちが本音かよくわかったの。お父さんはいつも言葉の端々で、お前は自分の妻にふさわしくないと伝えずにはおかない人で、崇兄ちゃんはお母さんの、ここにいていいのかどうかびくびくするような顔しか思い出せなかったって。うちと似たようなものだわ。

……それにね、遺書を読んだときからお兄ちゃんもおかしいと思ってたんですって。お母さんの遺書には、『あなた、これでいいでしょう。崇、ごめんね。さようなら』とだけ書いてあったそうだから。『これでいいでしょう』というのがおかしいと思っていたそうよ」

なるほど、やや不自然な、しかし警察に対しては何とでも言い抜けられる文面である。それは気が弱く心の優しい芳枝、夫のひどい要求に反発すらかなわなかった芳枝にできた、最大の抗議だったのだろう。史香の父・治雄が死ぬとき、避妊具の箱を傍らに浮かべたのも同じだ。それを思って浩介は、先ほど繁道に覚えた憐憫をたちまち後悔した。人間は愚かなものだ。それは仕方がない。しかしその愚かさを自覚せず、周囲の人間を傷つける権利は誰にもない。浜岡繁道と相田苗子が、浜岡芳枝と相田治雄にしたように。

「崇兄ちゃんね、夾竹桃の葉をちぎりながら言ったの。うちのママと崇兄ちゃんのお父さんは、まるで夾竹桃みたいだって。すごく強くて、毒の固まりだって。うちのパパと兄ちゃんのお母さんはその毒に殺されてしまった。だから……。あのとき、ちょうど夕日が沈む時間でね。まつ毛のところに光が透けて、気の早い一番星が光っているみたいで……ねえ、崇兄ちゃんてすごくきれいだったでしょ。あたし、どきどきしちゃった」

夢見るように話す史香を遮っていいものかどうか、浩介は迷ったが、やはり聞かなければならなかった。

「だから……どうしたんだって？　崇君は」

史香の声に再び、小悪魔めいた油断のならないものが忍び込んだ。

「もうわかるでしょう？　崇兄ちゃんは浜岡のおじさんのこと、絶対に許さないって言った」

7

少年には動機があり、その手の中には手段があったのだ。予測はしていた内容だったが、衝撃は思っていた以上のものがあり、浩介はソファの背を握り締めた。相手の善良さにつけ込むという卑劣な手段で母を死に追いやられた少年が、「犯人」に対して激しい怒りを燃やす気持ちは十分想像できる。浜岡繁道が生きていたら、法律では裁けなくともせめて面と向かってののしってやりたいと、部外者の浩介でさえ思う。しかし、その怒りを犯人である父への殺意にまで凝固させるにあたって、少年の胸の中でどれほどの修羅が展開されたかには、とても想像が及ばなかった。

「そして兄ちゃんはね、あたしに、ママを許せるかって聞いた。あたしは許せないって答えた。不自由な体を引きずって、自分でお風呂に沈んで溺れ死んだパパの気持ちを考えると、あたしもママのこと許せない。兄ちゃんは黙ってうなずいた。本当にきれいだったなあ、あのときの崇兄ちゃん。まるで天使みたいだった」

それはまるで、死をつかさどる天使のような恐ろしい美しさだっただろう。少女は、まさか自分の言葉が母親の死刑判決になるとは夢にも思っていなかったのだろうが。

「それで崇くんは、お母さんが使っていた月桂樹の瓶に夾竹桃の葉を入れたわけか」

闇の中で史香がうなずく気配がした。

「このうちで一緒に夕食をっていうのも、兄ちゃんがうまく誘導したみたい。あたしには、絶対にそのときの夕食に出るものを食べるなって言った。初めから調子の悪いふりをすると夕食会が延期されちゃうから、もう食べるばかりになってから具合が悪くなったふりをすればいいって。そうしたらあたし、食べる頃に本当に熱が出ちゃって、お芝居する必要なかったのよ。大したことはないからここで休んでるって、そのソファに横になってた」

浩介が寄りかかっているソファを指さしたようだ。

「ちょっと前に帰ってきた崇兄ちゃんは、クラブの仲間と付き合いで食べたから、なんて言いながら一緒に食卓についてた。おじさんはこの食事の予定は前から分かっていただろうに、なんてぶつぶつ小言を言って、ママがとりなしているみたいだった。だけどそんなこと言いながら二人とも幸せそうで——そして急に、ママとおじさんは揃って獣みたいな声をあげ始めた。あの晩とは全然違う獣。崇兄ちゃんは電話で救急車を呼んでたみたい。あたし、恐ろしくて耳をふさいでたから内容まではよくわからない。だけどその後兄ちゃんは、もうおじさんたちのそばには寄らなかった。あたしのところに来て、しっかり抱き締めてくれた。あたしがひどく震えていたから。救急車が来るまで二人でずっとそうしていた」

手のひらににじんだ不快な汗を、浩介は片方ずつシャツの胸にこすりつけた。部屋の中が息詰まるほど暑く感じられた。そのときの崇は——明晰な頭脳で大人たちを操り、死へと追い込んだ少年は、どんな気持ちで彼女を抱き締めたのだろう。ただ静かに史香を包み込み、守っていたのか。それとも自分も震えながら妹のような少女にすがったのだろうか。

「詳しいことは後で教えてもらったのかい」

問いかけると、ややためらう気配があってから、史香は答えた。

「……そう。夾竹桃のような人たちだから夾竹桃の毒で殺したって、崇兄ちゃん言った。浜岡のおばさんが元気だったころ、料理に使っていたローリエの瓶に夾竹桃を入れておいた、毒をもって毒を制するってヤツだって。本当はね、カレーに入れて食べさせるんだから、致死量分になるかどうか確信なかったみたい。二人のうちどっちか、ううん二人とも、苦しんだだけで助かるかもしれない。だけどそれはそれでよかったんですって。おばさんが死ぬ前に残した毒で苦しんだと思ったら、ママもおじさんも少しはぞっとするでしょう。それで済ませやしないけど、手始めにそれも悪くない――。結局二人とも、一回で死んじゃったけどね」

史香は笑った。そんな笑い方をしちゃいけない。浩介は痛切に思った。二十歳の身でそんなすべてを投げたような笑い方をしてはいけない。しかし口からは、事件の具体的な内容を確認する言葉が出てきた。まるで拠って立つ地盤を固めるように。

「同時死亡の推定、だったか。浜岡君があんな難しい話を警察に持って行ったのはどうしてなんだろう」

「よく知ってるね。あれも崇兄ちゃんの作戦なの」

史香が昔の崇を語る声には、やはり無垢な信頼の響きが戻る。

「死因がローリエのビンに入っていた夾竹桃らしいとわかったら、どうしてそんなものが入っていたのか、警察は必ず不審に思う。おばさんが夾竹桃を用意する理由が必要になる。それには浜岡のおばさんとおじさんの夫婦仲が壊れていて、おばさんはうちのパパが好きだったってことにするのが一番いい。自殺の動機にも、浜岡のおじさんを殺す動機にもなるから。同時死亡推定の話を持って行けば、自然な形でその話を出せる。しかも、いわれのない金をもらうのを嫌がった清廉潔白な少年だという印象を与えて、話の信憑性も高まるって」

淡々とした祟の口調を思い描いて、浩介は改めてその頭の良さに舌を巻いた。

「それじゃ、浜岡のお母さんが君のお父さんと愛し合っていたというのも、根も葉もないことなのかな」

父に同情的な娘としては不愉快だったのだろう、腹立たしげに鼻を鳴らす音に、浩介は慌てて「すまん」と謝った。

「失礼なことを言うつもりはなかったんだ。ただ、毒を用意したらしい状況を自然にするだけなら、何も同時死亡推定の話からもってまわって別の男性の話を出さなくても、浜岡夫妻の仲が悪かったことを言えば十分だろう。もしかすると浜岡君は、優しいあまり黙って死んでいったお母さんに、せめて自分が作った物語の中だけでもお父さんに一矢《いっし》報いさせてあげたかったんじゃないだろうか。善良さを利用されて死に追いやられたなんてあまりにも気の毒だから、ほかの男性を愛するあまりに夫を殺そうとした、そういう強い女性にしてあげたかったんじゃないかな」

ちょっとの間があって、返ってきたのは、

「先生、相変わらずきれいごとばかり言うね」

という呆れたような言葉だった。

「崇兄ちゃん、お母さんに同情なんかしてなかったよ。死ねと言われて死んじゃうなんて、弱虫で馬鹿だって言ってたもの」

8

「あたしたち、それぞれの親類に引き取られた」

史香は話を再開していた。浩介もへこんでいる場合ではなかった。

「別にひどい扱いを受けたわけじゃないよ。伯母さんの家族、悪い人たちじゃない。だけどその中であたしだけが浮いてたの。仕方ないでしょう」

たとえば悲惨な戦場から戻った兵士は、自分が見た地獄を知らぬ人物とは何を語り合っても通じないという無力感に苦しむそうだ。規模こそ違うが、史香の体験したものもまた、紛れもない地獄だった。まして彼女はその体験について語ることさえできなかったはずだ。母が父を死に追いやり、慕う少年がその母を殺したなどと——。口をつぐんだまま親類のうちに溶け込めるはずがなかった。それは崇も同じだっただろう。

「どっちの親類も、だからあたしたちのこと放っておいてくれたよ。ふつーにやっていれば、それ以上は干渉しないでいてくれた。それでよかったの。あたしのことわかるのは、世界で崇兄ちゃん一人。崇兄ちゃんのことわかるのも、世界であたし一人なんだから」

心を鎧《よろ》ったままの彼らに対して、腫れ物に触るような扱いしかできなかったとしても、親類の人々を責めることはできない。——世界中に味方はその人しかいないような境遇。志穂が言っていたことは、言った本人が意図していたより遥かに真実に近かった。そこで芽生えた恋が健やかに伸びて行けるとは思えない。それも本当だった。史香は熱に浮かされたようにしゃべっていた。

「崇兄ちゃんは嫌がっていたけど、あたしが無理やり誘って、よく一緒にここに来た。あたしは後悔していないもの。ママとおじさんが死んだのは当然の報いで、悔やむことなんてない。だからこのうちに来るの、へっちゃらだった。平気で家に風を入れて、掃除もして。あたしのほうがママより家事はうまいくらいだったもの、楽しかったよ。こんな空き家だけど、まるで崇兄ちゃんと新婚さんになったような気がしてたな。……どんなつまらないことをおしゃべりしても兄ちゃんはいつもうなずいて聞いてくれたけど、大人になって誰にも邪魔されなくなったら、この家で一緒に住もうよと言っても、いつも首を振ってた」

史香がこの家にこだわるのは、むしろ母たちの死を何とも思っていないことを必死にアピールするためのようだった。崇がそれを感じ取れなかったわけはない。

「話の種が尽きて、抱いてって言ったらあのときみたいに抱き締めてくれた。でもそれだけ。いつもそれだけ。先生と同じで、いつも駄目だ駄目だって。そんな大したことじゃないでしょう。ママとおじさんがあんなに恥知らずにやっていたことなんだから。崇兄ちゃんがそんなだから、あたし、ほかのいろんな人と寝てみたよ。高一のときから、もう顔も数も覚えてないわ。そうやってやり方を覚えて兄ちゃんを誘っても、やっぱり駄目なんだもの」

そしておとなしかった少女はいつか、本人の意思にかかわらず、大輪の花のような色香を発するようになったのだ。——史香は無意識に母に復讐しようとしていたのかもしれない。母の愛した男の息子、母たちの勝手な思惑がかなえば兄弟になるはずだった相手と寝ることによって。そしてまた、母たちを獣に変えた肉の結びつきなど下らないことだと、自分の体で立証したかったのかもしれない。彼女の悲劇は、復讐の道具として使う相手を本当に愛していたことだった。そして彼の悲劇は——。

「最後には兄ちゃん、あたしが毒を持ってるみたいに手を触れようともしなくなった。オートバイでむちゃくちゃな運転するようになって、とうとう死んじゃった。あたしから逃げたのよ。本当に馬鹿で弱虫なんだから」

自分が崇に手向《たむ》ける言葉が、崇がその母に向けた言葉と同じことを、史香はおそらく気づいていない。そして自分の声の中に痛々しいほどの愛情がこもっていることも。崇を失ってからもずっと、史香はこれまでの自分にしがみつくように一夜限りの関係を拾って歩いていたのだろう。しかしそんなことで崇のいない空白を埋められるわけも、崇に拒絶されたと感じた苦しみを忘れられるわけもない。

「それは、違うと思う。浜岡が応じなかったのは」

浩介はようやく口を開いた。かすれた声しか出ず、咳払いをして続ける。

「相田のことを嫌っていたからじゃない。毒のある花だなんて思っていたわけがない。きっと大切に思うからこそ、断ったんだ」

史香は、ありったけの軽蔑をこめたように静かな声で応じた。

「きれいごとはもういいわ、先生」

戸を開《あ》け閉《た》てする音がした。勝手知ったる家ということだろう、暗い中を驚くほどの素早さで、史香が部屋を出て行ったのだ。続いて再び、玄関のドアが閉まる音。

その頃になって浩介は、ようやくのろのろと体を動かすことができた。しばらく固まった姿勢を続けていたせいで、不意に動くとまた腰をやられそうだ。

――崇は史香を、愛するがゆえに拒んだ。それは間違いない。なのにそれだけを言葉にすると、どうしてあれほど甘っちょろく陳腐に響くのだろう。かといって自分が思い至ったことのすべてを口にするわけにはいかなかったのだ。崇が史香を近づけなかった本当の理由は、自分たちが実の兄妹かもしれないと思ったからではないか、などと。

崇の父と史香の母の関係がずっと以前からのものであったとしたら。母苗子の胎内に史香を宿らせたのが、相田治雄ではなく浜岡繁道だったとしたら――。今となっては真相は誰にもわからない。その可能性を否定できる者はいないのだ。その疑いを打ち消すことができず、それほどおぞましいことを史香に告げることもできないまま、崇は憑かれたようにオートバイを飛ばすようになったのだろう。その頭からは自分の人生のことも将来のことも消えていたに違いない。ただ、自分にとってこの世でたった一つ大切なものを、汚したくない、守りたいという思いだけ残して。

幼いながらも心から愛し合っていた二人をここまで追い込んだこと、繁道と苗子の最大の罪はこれだったかもしれない。やり切れなさが浩介の全身にのしかかって、腰のところできしみをあげているような気がした。

9

もちろん家の周囲には、史香の影も形もなかった。

もっていた携帯電話でタクシーを呼び、やっとの思いで帰宅してみると、ちょうど志穂の授業が終わって母屋に戻ってきたところだった。先日来まだ機嫌を直しておらず、無言でつんとあごを上げながら食卓につく。あずさと啓介は、舅と一緒にテレビを見ていた。

「遅かったんじゃね、浩介さん」

姑の幸世が対面式キッチンのカウンターの向こうから声をかけてきた。ええ、といいかげんな返事をして志穂の斜め向かいに座る。結局志穂の言ったことは正しかったわけだ。事態はさらに何層倍かひどいものだったが。謝るのも癪《しゃく》だが、どうしたものか。史香のことも相談しなければならない。向こうはもう、自分のような甘ちゃんのことなど頼りにしてはいないだろう。中学生のときから既に見限られていたのかもしれないが、それでもこのまま放っておくわけにはいくまい。ほかの者に話すことを史香がどう思うかはわからないが……。

胆《きも》の座った姑は、娘と婿との間のぎくしゃくした空気などどこ吹く風と言った顔で、

「お夕飯はまだなんでしょ」と言いながら鍋の中の汁に味噌を溶かしている。玉杓子で何度かかきまぜ、すくった汁を小皿に入れて味をみた。

その姿を見たとき、浩介は頭の中に小さな火花が散るのを感じた。いや、別に何もおかしくはない。打ち消す材料はいくらでも思いつくじゃないか。……しかし、火花は消えなかった。逆にだんだん燃え広がっていく。さっき聞いたことと前に聞いていたことが、炎に炙られて違った顔を見せ始める。

よほどおかしな顔をしていたのだろう。「どうしたの」と義母が首を傾げて声をかけてきた。志穂もそっぽを向きながら横目でこちらを窺っている。ためらっていると義母は何かを察した様子で、キッチンの奥に引っ込んだ。ありがたい。知る人をやたらに増やすわけにはいかない話の内容だった。

「聞いてくれ、志穂」

もうためらっている場合ではなかった。あずさが生まれて以来の「ママ」という呼び方でないのを、志穂はすぐに重大な話のサインと察したようだ。

そして浩介は、さすがに「抱いて」と頼まれたことは省略して、その日史香の話した内容を手短に説明した。先日聞いた不倫話には驚かなかった志穂も、過去の二つの自殺の裏にあった真相と、夾竹桃の葉を用意したのが崇だったというのには衝撃を受けていた。

「人のことは言えないわ。あたしが考えていたことも、史香ちゃんが体験したことを思えばずっと甘かったんだもの。それじゃ史香ちゃんは、お母さんたちを死なせたのが大好きな祟君だったことを、これまでずっと胸の奥に隠し通してきたわけね」

「そのことなんだが……」

浩介が言いよどんだとき、茶の間で電話が鳴った。予感があった。立ち上がろうとしたが、いち早く応対した舅が、婿の腰を案じたのか「浩介君にだぞ」とわざわざコードレスの受話器を持ってきてくれた。恐縮しながら受け取って耳にあてると、

『先生』

とあの細い声が流れてきた。夕方の電話のときのような頼りなげな声だ。背後で金属が鋭くきしむ音がしている。浩介はすぐにスピーカー機能のボタンを押すと、志穂との間に置いた。唇の前に人差し指を立てると、察しのいい志穂は「わかってる」と言いたげにうなずいた。

『さっきはごめんなさい。あんなこと言ったままじゃ嫌だから、最後に謝りたくて』

「最後」という言葉が耳に突き刺さる。わざと気がつかないふりで応じた。

「いいんだ。気にしてないよ。それより今からでもうちに来ないか。志穂たちが会いたがってる」

『ほんとはね』

耳に入っていないのか、史香は続けた。

『先生のこと、連れて行こうと思ってたの。一人は寂しいから。もし先生が誘いに乗るようなら、ママたちと同じ裏切り者だもん。一緒に連れて行ったって構わないと思ったのよ。だけどやっぱり、先生はそんな人じゃなかったね』

誇張でもなんでもなく、全身の毛穴からいっせいに汗が噴き出るのがわかった。自分がどれほど危ういところにいたかを知った恐怖、ぎっくり腰の魔女のおかげでようやくそれを逃れた感謝、自分は彼女が認識しているような立派な人物ではないという後ろめたさ。それにプラスして食卓の向こうで不穏に目を細めている志穂の視線が、浩介を四六のガマのような状態に置いていた。

『じゃあね。さようなら』

「待て、ちょっと待て。浜岡のことだが」

電話を切られたら終わりだという気がした。崇の名前には反応があるはずだ。

「浜岡が死んだのは相田から逃げるためじゃない。……きっと、あのことが重すぎたんだ。どれほど憎しみが激しくても、その相手に手を下すのはたいていの人間には重いことだ。否定しても仕方ない、きっとそういうものなんだ。しかも浜岡は、君を巻き込んでしまったという意識が二重に重かったんじゃないか」

『……どこまで知ってるの、先生』

史香の声が鋭さを帯びた。受話器の向こうからブザーが聞こえた。公衆電話のようだ。

「大丈夫か。こっちからかけ直そうか」

『小銭ならあるから大丈夫よ。早く話して』

史香は苛だたしげだった。刺激しないよう、なるべく穏やかに話を進める。

「何も知っちゃいない。ただ思いついたんだ、ついさっき。夾竹桃の葉に毒があることを知り、それを用意したのは浜岡だろう。しかし実際に料理に入れたのは」

受話器の向こうと食卓の向こうで息を呑む気配があった。

幸世が味見をしているのを見た瞬間に思いついたことだった。——あの事件のとき、調理中の苗子は味見をしなかったのだろうか。していたら、明らかに彼女のほうが先に発症したのではないか。しかし実際には、二人はほぼ同時に苦しみ始めたらしい。もちろん、味噌汁などと違ってカレーのときに味見はしないかもしれない。味見で一口摂取した程度では症状は出ないのかもしれない。不自然というほどのことではないだろう。しかし一度思いついた疑問を打ち消すことはできなかったのだ。

もしかすると、カレーを作ったのは苗子ではなかったのではないか。いや、もちろん彼女も炊事に参加したのだろうが、そこに史香もいたのではないか。志穂も言っていたように、カレーにローリエを入れるあたりはある程度料理の心得がある者の発想だろう。苗子だけが作ったのなら、ローリエに見せかけた夾竹桃は使われぬままだったのではないだろうか。苗子より史香のほうがむしろ家事がうまかったことは聞いている。新しい家族で夕食を囲むという大切なイベントのとき、親娘が仲良く料理をするという図はごく自然なものだ。そういう形で史香も料理に参加し、彼女の主導で「ローリエ」を使ったのではないか。しかも史香はその後カレーに手をつけていない。その後の調べでは崇も史香も、彼女が料理に参加したことは一切述べていないようだ。それが意味することは一つだった。そう、だからこそ史香はあれほど、母の死を「後悔していない」と言っていたのだ。自分が手を下したからこそ。

『そうよ。よくわかったね、先生』

　ややあって、史香は感心したように言った。

『崇兄ちゃん、最初から計画をちゃんとあたしに話してくれた。自分のお父さんはともかく、あたしのママを勝手に殺すわけにはいかない。あたしを傷つけることはしたくないから、もしママに死んでほしくないなら、殺すのはお父さんだけにするって。あたし、ママを許すことなんてできない、だから、やるんならあたしも一緒にやるって答えたの。……

あの日、カレーを作るときだって、あたし平気だった。全然罪の意識なんてなかった。にこにこおしゃべりしながらママと一緒に作ったの。浜岡のおじさんもすごく楽しそうに笑ってた。もうすぐパパみたいに苦しむのよ、そう思いながら、口では「おいしいカレー食べさせてあげるね」って言って、夾竹桃の葉をたっぷり入れた。できあがったころ急に食欲がなくなったふりをするつもりだったんだけど、本当に気分が悪くなって、体温計で計ったら熱があったから、お芝居しなくてよかったわ』

それはきっと、史香が自分でも意識していなかった恐怖や不安、自責の気持ちが彼女の体に現れたに違いなかった。分析したところで仕方のないことだが。焦燥をあおるように、受話器の向こうでまた金属のきしむ音がした。

「さっきはそのことは言わなかったね」

『隠すつもりもなかったけど、わざわざ言うのはよしたの。だって、それを言ったら止められるってわかってたから』

史香はあっさりと言い、そのことが浩介にも、彼女の気持ちをはっきりと伝えた。——死ぬつもりだ。遠火でじりじり炙られている気分になりながら、手探りするように言葉を紡いだ。

「なあ。きれいごとに聞こえるのはわかっているが、浜岡が相田を大切に思っていたことだけは、信じてやれないかな。浜岡はあれほどの重荷を誰に打ち明けることもないまま逝ってしまった。誰かに聞いてもらうだけで重荷は随分楽になるのに、そうしなかった。相田を巻き込んだ責任があったからだろう。浜岡は自分の命に替えても君を守りたかったんだよ。その気持ちに応えてあげないか」

　向こうで何かが揺らぐ気配があった。しかし天秤は再び片方に傾いたようだった。

『そうね。崇兄ちゃんのこと、怒ってるわけじゃないよ。だけど結局、兄ちゃんはあたしのために死んでった。あたしは周囲の人を不幸にするだけの存在なの。あたしも夾竹桃みたいなものよ、毒のある花。ママと一緒。先生もこの間、ママに似てきたって言ったでしょ。親戚の人もそう言うの。だからあたし、これ以上まわりの人を不幸にする前に、崇兄ちゃんのとこへ行くの』

「待て、相田」

　浩介は必死で声を張り上げた。さすがに不審を覚えたのか義父母ものぞきに来るが、説明をしている暇はない。

　もし人が本当に、百パーセント、死のうと決めたなら、誰にもそれを止めることはできまい。しかしたいていの人間は、どれほど死にたいと願っていても、心のどこかで生きる可能性を探してもがいている。そういうものだ。

史香の置かれた状況は苛酷だ。母に父を殺され、自分がその母を殺し、たった一人理解し合える相手は自分を置いて逝ってしまった。自分を中心に死が渦巻いている、自分は毒のある花かもしれない。そんな精神状態に置かれたら、浩介とて死にたいと、いっそ死んだほうが楽だと思うだろう。しかし、史香の心に一パーセントでも生への可能性が残されているなら、応えてやらねばならなかった。それがあの万引き事件のとき失敗した自分の、最低限の責任だった。

相田、どこにいるんだ。それさえわかれば——。不吉な金属音がみたび響いた。

『あたしね、先生のことは崇兄ちゃんの次に大好きだったんだ、ほんとのこと言うと。三村《みむら》君をひっぱたいたとき、先生、あたしは悪くないって言ってくれたでしょ。さっきはあんなふうに言ったけど、あたし、先生のそういうとこ、すごく好きだった。だから一緒に行ってもらいたかったんだけど、でもやっぱり連れて行かなくてよかったな。志穂先生にも悪いもの。……じゃあね』

「待てーっ、切るなーっ」

そのときの史香の言葉は、浩介の耳にはほとんど入っていなかった。三度目にしてようやく、あの音の正体がひらめいたのだ。焦りに焦って右手を円を描くように動かしていると、志穂がさっとメモとペンを出してくれた。伊達《だて》に十年夫婦をやってはいない。

〝宮崎さんのオウムの声。公衆電話〟

それ以上のことを書く余裕はなかった。祈るような気持ちで志穂を見上げると、大きくうなずいていた。通じたようだ。近所迷惑なオウムの声。あれが聞こえる以上、史香はすぐ近くにいるはずだ。そしてこれほど近くから電話をかけているのは、史香が意識していないにしろ、浩介たちに助けを求めている証拠だった。死にたい、でも死にたくない、と——。

その間にも懸命に言葉は続けていた。死へとまっしぐらに向かっている史香の気持ちをこちらに引き戻さなければならない。何としてでも。

「なあ、相田。太平洋戦争末期の原子爆弾のことは知っているよな」

あまりにも突飛な話題に、史香が『え』と言ったきり絶句しているのがわかった。志穂が慌ただしく父母に話をしている。手分けしてこの近所を探すよう頼んだのだろう。出て行く三人を目で追いながら、浩介もいてもたってもいられない気持ちだったが、今の自分の役目は史香を何とか電話の向こうに繋ぎ止めておくことだった。これを切られてどこかへ行かれては、もはやどうしようもない。

「投下の日はいつだったか覚えてるか」

『ええと……。八月の、いつ？　十五日？』

「八月十五日は終戦記念日だ。広島に投下されたのが八月六日、長崎が九日。習っただろ」

『習ったけど……』

浩介は向こうの気配を探りながら言葉を続けた。一体なぜそんなことを聞かれるのか、史香は抗議することも思いつかないほど戸惑っているようだ。

「うん。それでな、広島の市の花が夾竹桃だってことは知ってるか」

『何のこと？』

「ほら、地方自治体はよく、自分のところのシンボルになる木や花、鳥なんかを制定しているじゃないか。広島市の場合、それが夾竹桃なんだ」

『嘘』

「本当だよ」

『そんなわけないじゃない。あんな毒のある花なんか』

自分を憎むように夾竹桃を憎んでいる史香は、信じられないようだった。

「俺も幸世先生に聞いたんだ。ほら、志穂先生のお母さんの。幸世先生は広島の出身だからな。当時は市外にいたから、直接の被害は受けずに済んだんだが」

頼む、話しているうちに彼女を見つけてくれ。そう志穂たちに祈りながら、浩介はできる限りゆっくりと話し続けた。

「でも、原爆が落ちた後の言葉にもできないような惨状は、見て知っている。一時はまったくの地獄、死が支配する土地で、七十五年は草木も生えないだろうと言われたほどだった。その土地で初めて花を咲かせたのが夾竹桃だったそうだよ。もちろん厳密に初めての花だったかどうかはわからないが、夏空に向かって咲くこの花のたくましさがそれほど強烈な印象を与えたんだ。廃墟となった広島の町で、夾竹桃の強さは人々の希望だったと、幸世先生は話してくれた。だから広島市民は、この花を市の花に選んだんだって。……なあ、相田。夾竹桃に毒があるのは本当だ。だがあの花は人を不幸にするだけの存在じゃない。その強さたくましさで希望を与えることもできる。それも本当だと思えないだろうか」

頼む、そう思ってくれと受話器に向かって拝みたい気持ちだった。またきれいごとと馬鹿にされるかもしれないが、浩介に思いつくのはこの話だけだったのだ。君は周囲を不幸にするだけの存在なんかじゃない。過去に何があったにしろ、人はなお、その命を精一杯に使って誰かの役に立つことができる。生きていればきっと、必ず。

ぷつりと回線の切れる音に、浩介は思わずうめいた。しかし、その直前に『先生……』と聞こえた声は、確かに涙を含んでいた。もしかすると、天秤がほんの少しでも生きる方に傾いてくれただろうか。しばらくでいい、ほんのしばらくでいいから、その場に足を止めて、ヒロシマの人々に希望を与えた夾竹桃のことを考えていてくれ。その間に志穂たちが見つけてくれるはずだ。

だが、間に合うといいが。わけはわからぬながら不安そうに寄ってきたあずさと啓介を両腕に抱き締めて、浩介はそう祈った。

電話が鳴った。充電器からむしり取るように耳に当てた受話器から「あなた……」という志穂の第一声が聞こえたとき、浩介はその場にへたり込んだ。間に合ったのだ。それがはっきりわかった。

重い過去を背負った史香にとって、人生を立て直していくのはどれほど大変なことか。それを支える自分たちの役目も、決してたやすいものではないとわかっている。それでも浩介は、神と仏と旭家のご先祖一同、さらにぎっくり腰の魔女から宮崎家のオウムにまで、ごちゃまぜの感謝の気持ちで一杯だった。史香がこの世にとどまってくれたことが、今はただありがたくて――どれほど甘いと笑われたとしても。

「あのね」

泣いている気配を察したのだろう、志穂は涙と笑いの混ざった声で言った。

「さっき史香ちゃんも言ってたけれど。……あたしも好きよ、あなたのそういうところ」

あとがきに替えて、感謝の言葉

この本がこうして形になるまでに、多くの方にお世話になりました。記して感謝いたします。

「十八の夏」
この作品は、第55回日本推理作家協会賞（短編部門）受賞という望外の栄誉を与えられた幸せものです。どちらかと言えば地味な物語と思っておりましたので、内気なわが子が突然に晴れ舞台で脚光を浴びたような心持ちで、作者《おや》としても大変驚き、うろたえ、恐縮いたしました。ミステリーに焦がれながら、自分ではなかなかそれらしきものが書けないことに後ろめたい気持ちを抱いておりましたが、今回の受賞で大きな励ましをいただいた思いです。選に関わってくださった方々に改めてお礼を申し上げます。選考委員の大沢在昌・北上次郎・高見浩・辻真先・西木正明の諸先生方には、選評にて過分なお褒めの言葉を賜り、それを本書の帯に使うこともご快諾いただきました。本当にありがとうございました。賞に恥じぬよう、今後とも一層精進いたします。

「ささやかな奇跡」

花をモチーフとした本連作のうち最初に書いたのがこの作品です。書店が重要な舞台となっている本作には、かの有栖川有栖先生にお聞きした書店勤務時代のエピソードを使わせていただきました。贅沢な作品です。ネタは小さいのに。やはり書店勤務の友人、政宗九さんからもエピソードの提供を受け、モニターもお願いしてしまいました。ありがとうございました。作中に登場するある球団の快進撃が、九月まで続いてくれるといいのですが。


「兄貴の純情」

小劇場のお芝居にハマったあげく、年に数回は観劇に上京するようになったこの頃。本作もその情熱の産物です。お芝居を通じてできた友人たち、とりわけ愛してやまぬ三つの劇団――舞台を見た順に――ＬＥＤ、桃唄３０９、トリのマーク（通称）の皆様及び関連サイト常連の皆様に心から感謝します。ことにモニターをお願いした劇団桃唄３０９の橋本健さん、本当にありがとうございました。

なお、申すまでもないことながら、登場人物や団体その他に特定のモデルはありません。

ほかの作品についてもすべてそうですが、特にこの作品には「兄貴の無謀さがリアル」とのご感想をいただきましたので、改めてお断りしておきます。それにしても兄貴こと近江濤一は、今まで書いた中で一、二を争う〝書いていて楽しかったキャラクター〟でした。そのうちまた別の話で登場させてやりたい気がしています。

「イノセント・デイズ」
本書中もっともミステリーらしい作品かと思いますが、光原には珍しく深刻な内容となりました。作中で扱った「同時死亡の推定」制度について大変有益な助言をしてくれた湯川聖司さん。モニターをお願いした佐藤玲子さん、戸田和光さん。日頃からお世話になっております。ありがとうございます。

ご本人の意向でここにお名前を上げない方々も合わせ、助言を賜った皆々様に深く感謝しております。もちろん、各作品内容に不備などあれば、全面的に作者の責任です。
また本書執筆時に限らず、日頃からさまざまにご指導・ご教示いただいている方々にも、この場を借りてお礼を申し上げます。

「小説推理」連載時にイラストを担当していただいた井筒啓之さん。本書の装幀を担当していただいた丸尾靖子さん。大変お世話になりました。ありがとうございました。

手のかかる作者を担当していただいている、「小説推理」編集部の幾野克哉さん。作者本人が後先のことをなんにも考えずに書いた「ささやかな奇跡」を読んで、〝花をモチーフにした連作にできませんか〟とアドバイスを下さったのは、今思い返してもありがたいことでした。あのアドバイスがなければ「十八の夏」の存在も（もちろん受賞も）なかっただろうことを思うと、まさしく足を向けては寝られないというところです。今後ともよろしくお願いします。

最後になりましたが、本書を手にとって下さった皆様にも心からの感謝を。楽しんでいただけたら、そしてできればほんの少しでも〝人生も満更悪くない〟と思っていただけたとしたら、これ以上の幸せはありません。厚かましいようですが、次作にてまたお目にかかれますように。

平成十四年七月

光原百合

文庫版あとがき

『十八の夏』、おかげさまで文庫本としてのお目見えとなりました。文庫というスタイルには強い愛着を持っていますので、とても嬉しく思います。泉沢光雄さんによる新たな装幀とともに、お楽しみいただければ幸いです。

しかも文庫化に際し、敬愛する映画監督にして郷土の大先輩でいらっしゃる大林宣彦さんに、素晴らしい解説を寄せていただきました。「尾道三部作」とほぼ重なる時期に尾道で高校時代を過ごした者として、感無量です。本当にありがとうございます。

それにしても単行本出版から二年。いろいろなことがありました。「ささやかな奇跡」の作中で快進撃を演じてもらった阪神タイガースは、昨年はフィクションを凌駕する強さを発揮して見事にリーグ優勝を飾りました。水島高志のひいき球団という設定の日本ハムファイターズは今年、北海道に本拠地を移したり新庄剛志選手が入団したりと、こちらも話題が多いですね。

本書収録作品の「小説推理」連載時から担当していただいていた編集者、幾野克哉さんが部署を異動されたのも、個人的には大きな変化の一つでした。数限りなくお世話になりましたこと、改めてお礼を申し上げます。

新しく担当になっていただいた秋元英之さんには、早速、これまた数限りないご迷惑をおかけしております。今後ともどうぞよろしくお願いいたします。

しかし、かくもいろいろなことがあった二年間に、光原は結局一冊しか本を出せていないというのはいかがなものでしょう……。お待ちいただいている皆様方、本当に申し訳ありません。がんばります。はい。

弁解はさておき。

いろいろなことが目まぐるしく変わる世の中にあって、少しでも長く愛され続けるものが書きたい、というのは書き手としてのささやかな野心です。本書もそうであることを祈念しつつ、手元から送り出すこととします。

平成十六年四月

光原百合

「線」の向う側に棲むひとへの、
遥かなるおもいの物語。
――光原百合の「感傷」について。

大林宣彦（映画作家）

『十八の夏』の書き出しの三、四行を読むなり、「あっ、この景色なら、良く知っている」、と思った。いつか見た、懐《なつか》しい風景だ。

この一文を草するために、出版社から新しく本書の一冊を譲り受けた。新しく、というのは、実はこの書物の作者である光原百合さんとぼくとは、古里が同じ尾道で、『十八の夏』が上梓されたおとどしの夏、ぼくは帰省先の尾道で、知人を通じて既にこのご本を頂戴している。明るい瀬戸内の海の夏の光の中で、ぼくはこの物語の頁を、ゆっくりゆっくり捲《めく》っていた筈である。

だから「あっ、この小説なら、読んだことがある」、のは当り前だ。けれどもそれが「あっ、この景色なら、良く知っている」、なる感慨が我が裡に湧き上ったのが、嬉しかったのである。『十八の夏』はもう一冊の書物を超えて、ぼく自身を形成する一つの記憶となっていた！

しかもそれは、きっと大切な、一つの。……

「この景色」、とは、「川辺の景色」である。そしてそれは、ぼくや、きっと光原さんにとっても、尾道で生《う》まれ育った者には、まことに不思議な、異國の風景だ。

尾道は瀬戸内の海に向《む》かい、山の斜面に細長く、滑り落ちそうに乗っかった町である。町の何処からでも、ごちゃごちゃした屋並《やなみ》の向《む》うにきらきら光る海が見え、海の向《む》うには更《さら》に無数の小島が、その小島の遠くにはまた海が、という具合に、海は風景自身というよりは、風景の背後を塗り尽す、言わば背景だ。絵画に喩《たと》えるなら、描かれた絵というよりは、むしろキャムバス自身の、「面」である。

それに比べれば、川の景色は、「線」だ、とぼくは思う。この感覚を、他の人に語るのは難《むつか》しい。例えば、今ぼくがこの一文を書いている東京郊外の仕事部屋の窓の外は、川の景色である。武蔵野の自然を良く残《のこ》す、線に覆われた穏やかな川の風景だが、ぼくにはそれは「線」で構成された世界であり、異國の、それも都市の光景だ。尾道を離れ、遠く異國の都市に住むのは、ぼくにとって、川辺で暮らすこと、であった。

ここでぼくは筆《ペン》を置き、戸外に出て見る。『十八の夏』の中では、「向かい側の土手には五分咲の桜並木」であるのだが、今はその桜も散っている。ぼくは家の前の、小さな橋を渡る。物語の主人公の少年のように、この橋はぼくのジョギングコースでもあるのだ。

橋を「向かい側」にもう少しの所まで渡った辺りで立ち止り、橋の上の「やや高い位置」から「草に覆われた土手を見下ろす」。

この視界が、「線」、なのだ。

自らが佇っている場所と見下《おろ》す土手の景色とは、直ぐ身近《みぢか》な、同じ空間である筈なのに、それはくっきりと、一本の線に拠《よ》って二分された、二つの別の世界なのだ。見る側と、見られる側の世界というのか、或いは望遠鏡をふいに逆様にして覗いたら、身近《みぢか》な日常の風景があっという間に異次元に遠退《の》いて、良く知っている筈なのに、異國の風景となっている。それもごちゃごちゃと総てのものが混在した揚句に、べたーっと一つの地模様となった海の「面」が田舎の風景だとすれば、このくっきりすっきりした「線」で区分けされた川の景色は都会のものだ。だからぼくには、光原さんの憧《あこが》れが良く分《わか》る。川は、詰《つま》りは、ぼくら海を見て育った者には、「虚構」の「都市」の存在であるのだろう。都市では人は「線」に添って暮らし、田舎のぼくらは「面」の中でごちゃごちゃ暮らす。「海」で生れ育った者には、「川」自体がもう「ミステリー」なのだ。

さて、遠眼鏡で覗いて、距離感が失《うしな》われ、逆様になった風景の中で、今ひとりの娘が「大きく広げた両手を地面に突くと、すらりと足を伸ばして倒立する」。「倒立する」ことで、異次元の世界の中から、「彼女」だけがするりと抜け出て、此方《こちら》の世界の住人となる。

しかもそれまで「彼女」は、画板の上で絵を描いていた。その画用紙に描かれていたのは「向こうの土手の桜並木」。

ということは、橋を渡る前に「ぼく」(物語の中では「信也」という名が与えられているが)が居た世界だ。ここでも物語世界は、あっと息を飲む「倒立」を示し、お負けにその画用紙が一瞬の風に吹かれ、宙に向《むか》って舞い、「ぼく」はそれを追って橋を駈け下り、飛び付いて転倒し、「上体を起したばかり」の所で、「彼女」が「ぼく」に向《むか》って声を放つ。「あんた、何やってんの」。

虚実が激しく交叉する。一本の線でくっきりと隔てられた二つの世界が、悲鳴を上げてまみえる。その切り口から、切なく物語が噴出する。まことに鮮《あざ》やかな導入部である。

思えば何も彼《か》もがごちゃごちゃと混在して、べたーっと「面」になった海の風景の中で、ぼくは幾本もの「ファンタジー」映画を撮って来た。そこでは、生者も死者も、境界線も無く、共に暮らしている。けれども「線」で区分けされた川の風景の中では、生者同士でさえ棲《す》む世界が別別だ。隣人同士は勿論、父と子であっても、そして「彼女」と「ぼく」もまた。そこから人間同士の間に潜む痛切な物語、「ミステリー」が生《うま》れるのであろう。

光原百合さんの「ミステリー」は、この「線」に拠《よ》って隔てられた者同士の、悲しみの物語。だから殊更《ことさら》に悍《おぞま》しい殺人があったり、血が流れ出したりする必要は無い。細心の優しさを以《も》ってこの「線」の在《あ》り処《か》を見詰《つ》めていれば、この世の人の数だけ「ミステリー」が生《うま》れて来る。これは光原さんの優れた創造だ。

そして光原さんにとって「海」が現実の世界であるなら、「川」は憧れの虚構の世界であるだろう。多くの作家たちが「ミステリー」を現実探究の具と考え、虚構の力が萎え果てている現在、光原さんはそこに人間の願いを託す。その願いの切実さが物語の強い魅力となって、ぼくらを捉えて離さないのであろう。

ここまで書いた所で、ぼくは所用があって、一日、尾道に帰省した。遥かに海を見渡す窓辺の小卓の上に、団扇が一本置き忘れられていて、何時《いつ》かの夏を思い出させる。或る小さな予感があって、その団扇をつと取り上げると、その下から『十八の夏』一冊が、顔を覗かせた。それは、とても愛しいものに見えた。何時《いつ》の日かここで読まれ、瀬戸内の明る過ぎる陽の光から身を守るように、今はひっそりと団扇の下で眠っている、この書物の遠い記憶。その中で密かに息衝く、遠方の川辺の物語。「ああ、この川の景色なら、良く知っている」、とぼくは、声に出して呟《つぶや》いてみた。その時、ぼくは遥かなる「線」の彼方に棲《す》む、この物語の登場人物たちの深い悲しみの物語を身近《みぢか》に共有し、それが心地良い感傷となって空の向《むこ》うへ飛んで行くのを感じた。

——十八の夏がもうすぐ終わる、と光原さんは書き残《のこ》す。それは「いつか始まっていた物語」への愛惜の情であり、その「感傷」こそが「ミステリー」の大いなる味わいであったことを、ぼくらは今、忘れていたように、思い出す。海はそこに在るものを丸ごと受け止める覚悟を促すものだが、川は何処からかやって来て、何処かへ繋がって行く物語である。

そして「川」は、何時《いつ》かは「海」に辿り着く。光原さんが「海」に帰還した時、そこでは如何なる壮大な心の叙事詩が物語られることであろう。そんな光原さんの「海の景色」を、ぼくはもう予《あらかじ》め、「良く知っている」ようにも思われて来る。

しかし今は、「川」から始まる光原百合さんの物語世界への旅立ちを、心から愛《め》でたいと、ぼくは思う。

２００４年・夏が近付く頃。

尾道の海を前にして。——

本書は二〇〇四年六月に小社より
刊行された同名作品の新装版です。

双葉文庫

み-14-02

十八《じゅうはち》の夏《なつ》〈新装版《しんそうばん》〉

2016年8月7日　第1刷発行

【著者】
光原百合《みつはらゆり》

【発行者】
稲垣潔

【発行所】
株式会社双葉社
〒162-8540 東京都新宿区東五軒町3番28号
［電話］03-5261-4818(営業)　03-5261-4831(編集)
www.futabasha.co.jp
(双葉社の書籍・コミックが買えます)

【印刷所】
大日本印刷株式会社

【製本所】
株式会社ダイワビーツー

【表紙・扉絵】南伸坊
【フォーマット・デザイン】日下潤一
【フォーマットデジタル印字】恒和プロセス

ISBN978-4-575-51912-9 C0193
Printed in Japan

小説ルパン三世

光原百合・他
〈原作・監修〉モンキー・パンチ

モンキー・パンチ氏の名作『ルパン三世』を大沢在昌・新野剛志・光原百合・樋口明雄・森詠の五人がオリジナルストーリーで描く、競作アンソロジー。